www.ingramcontent.com/pod-product-compliance
Lightning Source LLC
LaVergne TN
LVHW010437070526
838199LV00066B/6055
* 9 7 8 9 3 5 8 7 2 8 2 9 3 *

گرمیوں کی ایک رات

(سجاد ظہیر کے یادگار اور متنازع افسانے)

سجاد ظہیر

© Taemeer Publications LLC

GarmiyouN ki aik raat *(Short Stories)*
by: Sajjad Zaheer
Edition: November '2024
Publisher :
Taemeer Publications LLC (Michigan, USA / Hyderabad, India)

ISBN 978-93-5872-829-3
9 789358 728293

مصنف یا ناشر کی پیشگی اجازت کے بغیر اس کتاب کا کوئی بھی حصہ کسی بھی شکل میں بشمول ویب سائٹ پر اَپ لوڈنگ کے لیے استعمال نہ کیا جائے۔ نیز اس کتاب پر کسی بھی قسم کے تنازع کو نمٹانے کا اختیار صرف حیدرآباد (تلنگانہ) کی عدلیہ کو ہوگا۔

© تعمیر پبلی کیشنز

کتاب	:	**گرمیوں کی ایک رات** (افسانے)
مصنف	:	**سجاد ظہیر**
صنف	:	فکشن
ناشر	:	تعمیر پبلی کیشنز (حیدرآباد، انڈیا)
سالِ اشاعت	:	۲۰۲۴ء
صفحات	:	۵۲
سرورق ڈیزائن	:	تعمیر ویب ڈیزائن

فہرست

(۱)	دلاری	6
(۲)	نیند نہیں آتی	13
(۳)	جنت کی بشارت	26
(۴)	پھر یہ ہنگامہ۔۔۔	34
(۵)	گرمیوں کی ایک رات	44

دلاری

گو کہ بچپن سے وہ اس گھر میں رہی اور پلی، مگر سولہویں سترہویں برس میں تھی کہ آخر کار لونڈی بھاگ گئی۔ اس کے ماں باپ کا پتہ نہیں تھا۔ اس کی ساری دنیا یہی گھر تھا اور اس کے گھر والے۔ شیخ ناظم علی صاحب خوشحال آدمی تھے گھرانے میں ماشاء اللہ کئی بیٹے اور بیٹیاں بھی تھیں۔ بیگم صاحبہ بھی بقید حیات تھیں اور زنانہ میں ان کا پورا راج تھا۔ دلاری خاص ان کی لونڈی تھی۔ گھر میں نوکرانیاں اور مامائی آمتیں۔ مہینہ دو مہینہ، سال دو سال کام کرتیں اس کے بعد ذرا سی بات پر جھگڑ کر نوکری چھوڑ دیتیں اور چلی جاتیں مگر دلاری کے لیے ہمیشہ ایک ہی ٹھکانا تھا۔ اس سے گھر والے کافی مہربانی سے پیش آتے۔ اونچے درجے کے لوگ ہمیشہ اپنے سے نیچے طبقے والوں کا خیال رکھتے ہیں۔ دلاری کو کھانے اور کپڑے کی شکایت نہ تھی۔ دوسری نوکرانیوں کے مقابلے میں اس کی حالت اچھی ہی تھی۔ مگر باوجود اس کے کبھی کبھی جب کسی ماما سے اور اس سے جھگڑا ہوتا تو وہ یہ طنز ہمیشہ سنتی، "میں تیری طرح کوئی لونڈی تھوڑی ہوں۔" اس کا دلاری کے پاس کوئی جواب نہ ہوتا۔

اس کا بچپن بے فکری میں گزرا۔ اس کا رتبہ گھر کی بی بیوی سے تو کیا نوکرانیوں سے بھی پست تھا۔ وہ پیدا ہی اس درجہ میں ہوئی تھی۔ یہ تو سب خدا کا کیا دھرا ہے،

وہی جسے چاہتا ہے عزت دیتا ہے جسے چاہتا ہے ذلیل کرتا ہے اس کا رونا کیا؟ دلاری کو اپنی پستی کی کوئی شکایت نہ تھی۔ مگر جب اس کی عمر کا وہ زمانہ آیا جب لڑکپن کا ختم اور جوانی کی آمد ہوتی ہے اور دل کی گہری اور اندھیری بیچینیاں زندگی کو کبھی تلخ اور کبھی میٹھی بناتی ہیں تو وہ اکثر رنجیدہ سی رہنے لگی۔ لیکن یہ ایک اندرونی کیفیت تھی جس کی اسے نہ تو وجہ معلوم تھی نہ دوا۔ چھوٹی صاحبزادی حسینہ بیگم اور دلاری دونوں قریب قریب ہمسن تھیں اور ساتھ کھیلتیں۔ مگر جوں جوں ان کا سن بڑھتا تھا توں توں دونوں کے درمیاں فاصلہ زیادہ ہوتا جاتا۔ صاحبزادی کیوں کہ شریف تھیں ان کا وقت پڑھنے لکھنے، سینے پرونے، میں صرف ہونے لگا۔ دلاری کمروں کی خاک صاف کرتی، جھوٹے برتین دھوتی، گھڑوں میں پانی بھرتی۔ وہ خوبصورت تھی۔ کشادہ چہرہ، لمبے لمبے ہاتھ پیر، بھرا جسم، مگر عام طور سے اس کے کپڑے میلے کچیلے ہوتے اور اس کے بدن سے بو آتی۔ تیوہار کے دنوں البتہ وہ اپنے رکھاؤں کپڑے نکال کر پہنتی اور سنگار کرتی، یا اگر کبھی شاذ و نادر اسے بیگم صاحبہ یا صاحبزادیوں کے ساتھ کہیں جانا ہوتا تب بھی اسے صاف کپڑے پہننا ہوتے۔

شب برات تھی۔ دلاری گڑیا بنی تھی۔ زنانے کے صحن میں آتش بازی چھوٹ رہی تھی۔ سب گھر والے نوکر چاکر کھڑے تماشہ دیکھتے۔ بچے غل مچا رہے تھے۔ بڑے صاحبزادے کاظم بھی موجود تھے جن کا سن بیس اکیس برس کا تھا۔ یہ اپنی کالج کی تعلیم ختم ہی کرنے والے تھے۔ بیگم صاحبہ انھیں بہت چاہتی تھیں مگر یہ ہمیشہ گھر والوں سے بیزار رہتے اور انھیں تنگ خیال اور جاہل سمجھتے۔ جب چھٹیوں میں گھر آتے تو ان کو بحث ہی کرتے گزر جاتی، یہ اکثر پرانی رسموں کے خلاف تھے

مگر اظہار ناراضی کر کے سب کچھ برداشت کر لیتے۔ اس سے زیادہ کچھ کرنے کے لیے تیار نہیں تھے۔

انھیں پیاس لگی اور انھوں نے اپنی ماں کے کندھے پر سر رکھ کر کہا، "امی جان پیاس لگی ھے۔"

بیگم صاحبہ نے محبت بھرے لہجے میں جواب دیا، "بیٹا شربت پیو، میں ابھی بنواتی ہوں" اور یہ کہہ کر دلاری کو پکار کر کہا کہ شربت تیار کرے۔

کاظم بولے، "جی نہیں امی جان، اسے تماشہ دیکھنے دیجیے، میں خود اندر جا کر پانی پی لوں گا۔" مگر دلاری حکم ملتے ہی اندر کی طرف چل دی تھی۔ کاظم بھی پیچھے پیچھے دوڑے۔ دلاری ایک تنگ اندھیری کوٹھری میں شربت کی بوتل چن رہی تھی۔ کاظم بھی وہیں پہنچ کر رکے۔

دلاری نے مڑ کر پوچھا، "آپ کے لیے کونسا شربت تیار کروں؟" مگر اسے کوئی جواب نہ ملا۔ کاظم نے دلاری کو آنکھ بھر کے دیکھا، دلاری کا سارا جسم تھر تھرانے لگا اور اس کی آنکھوں میں آنسو بھر آئے۔ اس نے ایک بوتل اٹھا لی اور دروازے کی طرف بڑھی۔ کاظم نے بڑھ کر اس کے ہاتھ سے بوتل لے کر الگ رکھ دی اور اسے گلے سے لگا لیا۔ لڑکی نے آنکھیں بند کر لیں اور اپنے تن من کو اس کی گود میں دے دیا۔

دو ہستیوں نے، جن کی ذہنی زندگی میں زمین و آسمان کا فرق تھا، یکایک یہ محسوس کیا کہ وہ آرزوؤں کے ساحل پر آ گئے۔ دراصل وہ تنکوں کی طرح تاریک طاقتوں کے سمندر میں بہے چلے جا رہے تھے۔

ایک سال گزر گیا۔ کاظم کی شادی ٹھہری گئی۔ شادی کے دن آ گئے۔ چار پانچ دن میں گھر میں دلہن آ جائے گی۔ گھر میں مہمانوں کا ہجوم ہے۔ ایک جشن ہے کام کی کثرت ہے۔ دلاری ایک دن رات کو غائب ہو گئی، بہت چھان بین ہوئی، پولیس کو اطلاع دی گئی، مگر کہیں پتہ نہ چلا۔ ایک نوکر پر سب کا شبہ تھا، لوگ کہتے تھے کہ اسی کی مدد سے دلاری بھاگی اور وہی اسے چھپائے ہوئے ہے۔ وہ نوکر نکال دیا گیا۔ در حقیقت دلاری اسی کے پاس نکلی مگر اس نے واپس جانے سے صاف انکار کر دیا۔

تین چار مہینے بعد شیخ ناظم علی صاحب کے ایک بڈھے نوکر نے دلاری کو شہر کی غریب رنڈیوں کے محلہ میں دیکھا۔ بڈھا بے چارہ بچپن سے دلاری کو جانتا تھا۔ وہ اس کے پاس گیا اور گھنٹوں تک دلاری کو سمجھایا کہ واپس چلے، وہ راضی ہو گئی۔ بڈھا سمجھتا تھا کہ اسے انعام ملے گا اور یہ لڑکی مصیبت سے بچے گی۔

دلاری کی واپسی نے سارے گھر میں کھل بلی ڈال دی۔ وہ گردن جھکائے سر سے پیر تک ایک سفید چادر اڑھے، پریشان صورت، اندر داخل ہوئی اور سائبان کے کونے میں جا کر زمین پر بیٹھ گئی۔ پہلے تو نوکرانیاں آئیں۔ وہ دور سے کھڑے ہو کر اسے دیکھتیں اور افسوس کر کے چلی جاتیں۔ اتنے میں ناظم علی صاحب زنانہ میں تشریف لائے۔ انھیں جب معلوم ہوا کہ دلاری واپس آ گئی ہے، تو وہ باہر نکلے، جہاں دلاری بیٹھی تھی۔ وہ کام کاجی آدمی تھے، گھر کے معاملات میں بہت کم حصہ لیتے تھے، انھیں بھلا ان ذرا ذرا سی باتوں کی کہاں فرصت تھی۔ دلاری کو دور سے پکار کر کہا، "بے وقوف، اب ایسی حرکت نہ کرنا!" اور یہ فرما کر اپنے کام پر چلے گئے۔ اس کے بعد چھوٹی صاحب زادی، دبے قدم، اندر سے بر آمد ہوئیں اور دلاری کے پاس

پہنچیں، مگر بہت قریب نہیں، اس وقت وہاں اور کوئی نہ تھا۔ وہ دلاری کے ساتھ کی کھیلی ہوئی تھی دلاری کے بھاگنے کا انھیں بہت افسوس تھا۔ شریف، پاکباز، باعصمت حسینہ بیگم کو اس غریب بے چاری پر بہت ترس آ رہا تھا مگر ان کی سمجھ میں نہ آتا تھا کہ کوئی لڑکی کیسے ایسے گھر کا سہارا چھوڑ کر جہاں اس کی ساری زندگی بسر ہوئی ہو باہر قدم تک رکھ سکتی ہے اور پھر نتیجہ کیا ہوا؟ عصمت فروشی، غربت، ذلت، یہ سچ ہے کہ وہ لونڈی تھی، مگر بھاگنے سے اس کی حالت بہتر کیسے ہوئی؟

دلاری گردن جھکائے بیٹھی تھی۔ حسینہ بیگم نے خیال کیا کہ وہ اپنے کیے پر پشیمان ہے۔ اس گھر سے بھاگنا، جس میں وہ پلی، احسان فراموشی تھی، مگر اس کی اسے کافی سزا مل گئی، خدا بھی گنہ گاروں کی توبہ قبول کر لیتا ہے۔ گو کہ اس کی آبرو خاک میں مل گئی مگر ایک لونڈی کے لیے یہ اتنی اہم چیز نہیں جتنی ایک شریف زادی کے لیے۔ کسی نوکر سے اس کی شادی کر دی جائے گی۔ سب پھر سے ٹھیک ہو جائے گا۔ انھوں نے آہستہ سے نرم لہجے میں کہا،

"دلاری یہ تو نے کیا کیا؟"

دلاری نے گردن اٹھائی، ڈبڈبائی آنکھوں سے ایک لمحہ کے لیے اپنے بچپن کی ہمجولی کو دیکھا اور پھر اسی طرح سے سر جھکا لیا۔

حسینہ بیگم واپس جا رہی تھیں کہ خود بیگم صاحبہ آ گئیں۔ ان کے چہرے پر فاتحانہ مسکراہٹ تھی، وہ دلاری کے بالکل پاس آ کر کھڑی ہو گئیں۔ دلاری اسی طرح چپ، گردن جھکائے بیٹھی رہی۔ بیگم صاحبہ نے اسے ڈانٹنا شروع کیا، "بے حیا! آخر جہاں سے گئی تھی وہیں واپس آئی نہ، مگر منہ کالا کر کے سارا زمانہ تجھ پر

تھڑی تھڑی کرتا ہے۔ برے فعل کا یہی انجام ہے۔۔۔"

مگر باوجود ان اسب باتوں کے بیگم صاحبہ اس کے لوٹ آنے سے خوش تھیں۔ جب سے دلاری بھاگی تھی گھر کا کام اتنی اچھی طرح نہیں ہوتا تھا۔

اس لعن طعن کا تماشہ دیکھنے، سب گھر والے بیگم صاحبہ اور دلاری کے چاروں طرف جمع ہو گئے تھے۔ ایک نجس، ناچیز ہستی کو اس طرح ذلیل دیکھ کر سب کے سب اپنی بڑائی اور بہتری محسوس کر رہے تھے۔ مردار خور گدھ بھلا کب سمجھتے ہیں کہ جس بیکس جسم پر وہ اپنی کثیف ٹھونگیں مارتے ہیں، بے جان ہونے کے باوجود بھی ان کے ایسے زندوں سے بہتر ہے۔

یکایک بغل کے کمرے سے کاظم اپنی خوب صورت دلہن کے ساتھ نکلے اور اپنی ماں کی طرف بڑھے۔ انھوں نے دلاری پر نظر نہیں ڈالی۔ ان کے چہرے سے غصہ نمایاں تھا۔ انھوں نے اپنی والدہ سے درشت لہجہ میں کہا،

"امی خدا کے لیے اس بدنصیب کو اکیلی چھوڑ دیجیے، وہ کافی سزا پا چکی ہے آپ دیکھتی نہیں کہ اس کی حالت کیا ہو رہی ہے!"

لڑکی اس آواز کے سننے کی تاب نہ لا سکی۔ اس کی آنکھوں کے سامنے وہ سماں پھر گیا جب وہ اور کاظم راتوں کی تنہائی میں یکجا ہوتے تھے، جب اس کے کان پیار کے لفظ سننے کے عادی تھے۔ کاظم کی شادی اس کے سینے میں نشتر کی طرح چبھتی تھی۔ اس خلش، اسی بیدلی نے اسے کہاں سے کہاں پہنچا دیا اور اب یہ حالت ہے کہ وہ بھی یوں باتیں کرنے لگے! اس روحانی کوفت نے دلاری کو اس وقت نسوانی حمیت کا مجسمہ بنا دیا۔ وہ اٹھ کھڑی ہوئی اور اس نے سارے گروہ پر ایک ایسی نظر ڈالی کہ

ایک ایک کر کے سب نے ہٹنا شروع کیا۔ مگر یہ ایک مجروح، پر شکستہ چڑیا کی پرواز کی آخری کوشش تھی۔ اس دن رات کو وہ پھر غائب ہو گئی۔

※ ※ ※

نیند نہیں آتی

گھڑ گھڑ گھڑ گھڑ، ٹخ، ٹخ، چٹ، ٹخ ٹخ ٹخ، چٹ چٹ چٹ۔

گزر گیا ہے زمانہ گلے لگائے ہوئے۔ ے۔۔۔ ے۔۔۔ خاموشی اور تاریکی۔ تاریکی، تاریکی۔ آنکھ ایک پل کے بعد کھلی، تکیہ کے غلاف کی سفیدی، تاریکی، مگر بالکل تاریکی نہیں۔۔۔ پھر آنکھ بند ہو گئی۔ مگر پوری تاریکی نہیں۔ آنکھ دبا کر بند کی، پھر بھی روشنی آ ہی جاتی ہے۔ پوری تاریکی کیوں نہیں ہوتی؟ کیوں نہیں؟ کیوں نہیں؟

بڑا میرا دوست بنتا ہے، جب ملاقات ہوئی، آیئے اکبر بھائی، آپ کے دیکھنے کو تو آنکھیں ترس گئیں۔ ہیں ہیں ہیں۔ کچھ تازہ کلام سنایئے۔ لیجیے سگریٹ نوش فرمایئے، مگر سمجھتا ہے، شعر خوب سمجھتا ہے۔ وہ دوسرا الو کا پٹھا تو بالکل خر دماغ ہے۔ اخاہ! آج تو آپ نئی اچکن پہنے ہیں۔ نئی اچکن پہنے ہیں۔۔۔ تیرے باپ کا کیا بگڑتا ہے جو میں اچکن پہنے ہوں۔ تو چاہتا ہے کہ بس ایک تیرے ہی پاس نئی اچکن ہو اور شعر سمجھنا تو درکنار صحیح پڑھ بھی نہیں سکتا۔ ناک میں دم کر دیتا ہے۔ بیہودہ، بدتمیز کہیں کا! مگر بڑا بھائی میرا دوست بنتا ہے۔ ایسوں کی دوستی کیا! میری باتوں سے اس

کا دل ذرا بہل جاتا ہے، بس، یہی دوستی ہے۔ مفت کا مصاحب ملا، چلو مزے ہیں۔۔۔ خدا سب کچھ کرے غریب نہ کرے، دوسروں کی خوشامد کرتے کرتے زبان گھس جاتی ہے اور وہ ہیں کہ چار پیسے جو جیب میں ہم سے زیادہ ہیں تو مزاج ہی نہیں ملتے۔ میں نے آخر ایک دن کہہ دیا کہ میں نوکر ہوں، کوئی آپ کا غلام نہیں ہوں، تو کیا آنکھیں نکال کر لگا مجھے دیکھنے۔ بس جی میں آیا کہ کان پکڑ کے ایک چانٹا رسید کروں، سالے کا مزاج درست ہو جائے۔

ٹپ ٹپ کھٹ ٹپ ٹپ کھٹ ٹپ ٹپ کھٹ، ٹپ ٹپ ٹپ۔۔۔ٹ۔۔۔

اس وقت رات کو یہ آخر کون جا رہا ہے؟ مرن ہے اس کی اور کہیں پانی برسنے لگے تو اور مزہ ہے۔ لکھنؤ میں جب میں تھا۔ ایک جلسہ میں، موسلا دھار بارش۔ امین الدولہ پارک تالاب معلوم ہوتا تھا۔ مگر لوگ ہیں کہ اپنی جگہ سے ٹس سے مس نہیں ہوتے اور کیا ہے کیا جو یوں سب جان پر کھیلنے کو تیار ہیں۔ مہاتما گاندھی کے آنے کا انتظار ہے۔ اب آئیں، تب آئیں، وہ آئے، آئے، آئے۔ وہ مچان پر مہاتما جی پہنچے۔۔۔ جے، جے، جے، خاموشی۔

میں آپ لوگوں سے یے کینا چاہتا ہوں کہ آپ لوگ بدیشی کا پڑ پینا بالکل چھوڑ دیں۔ یے سیطانی گوَرن منٹ۔۔۔ یہاں پانی سر سے ہو کر پیروں سے پرنالوں کی طرح بہنے لگا۔ قدرت موت رہی تھی۔ سیطانی گورنمنٹ، شیطانی، گورنمنٹ کی نانی۔ اس گاندھی سے شیطانی گورنمنٹ کی نانی مرتی ہے۔ اہاہا، شیطانی اور نانی۔۔۔ اکبر صاحب، آپ تو ماشاء اللہ شاعر ہیں، کوئی قومی نظم تصنیف فرمایئے۔ یہ گل و بلبل کے افسانے کب تک۔ قوم کی ایسی تیسی! میرے ساتھ قوم نے کیا اچھا سلوک کیا

ہے کہ میں گل و بلبل چھوڑ کر قوم کے آگے تھر کوں۔

مگر میں یہ کہتا ہوں کہ میں نے آخر کسی کے ساتھ کیا برا سلوک کیا ہے کہ سارا زمانہ ہاتھ دھو کر میرے پیچھے پڑا ہے۔ میرے کپڑے میلے ہیں۔۔۔ ان سے بدبو آتی ہے۔۔۔ بدبو سہی۔ میری ٹوپی دیکھ کر کہنے لگا کہ تیل کا دھبہ پڑ گیا، نئی ٹوپی کیوں نہیں خریدتے؟ کیوں خریدوں نئی ٹوپی۔ نئی ٹوپی۔ نئی ٹوپی۔ نئی ٹوپی میں کیا سرخاب کا پر لگا ہے؟ انگشت نما تھی کج کلاہی جن کی۔۔۔ وہ جوتیاں چٹخاتے پھرتے ہیں۔ آج ہم اوجِ طالع لعل و گہر کو۔۔۔

واہ وا واہ! کیا بے تکا پن ہے۔ جارج پنجم کے تاج میں ہمارا ہندوستانی ہیرا ہے۔ لے گیے چرا کے انگریز رہ گیے نامنہ دیکھتے! اڑ گئی سونے کی چڑیا، رہ گئی دم ہاتھ میں۔ اب چاہتے کہ دم بھی ہاتھ سے نکل جائے۔ دُم نہ چھوٹنے پائے۔ شاباش ہے میرے پہلوان! لگائے جا زور! دم چھوٹی تو عزت گئی۔ کیا کہا؟ عزت؟ عزت لے کے چاٹنا ہے۔ سوکھی روٹی اور نمک کھا کر کیا بانکا جسم نکل آیا ہے۔ فاقہ ہو تو پھر کیا کہنا اور اچھا ہے۔ پھر تو بس عزت ہے اور عزت کے اوپر خداوند پاک۔۔۔ خداوند پاک، اللہ، باری تعالی، رب العزت، پرمیشر، پرماتما، لاکھ نام لے جاؤ۔ جلدی، جلدی، جلدی اور جلدی۔ کیا ہوا؟ روحانی سکون؟ بس تمہارے لیے یہی کافی ہے۔ مگر میرے پیٹ میں تو دوزخ ہے۔ دعا کرنے سے پیٹ نہیں بھرتا، پیٹ سے ہوا نکل جاتی ہے۔ بھوک اور زیادہ معلوم ہونے لگتی ہے۔

بھوں، بھوں، بھوں۔۔۔

اب ان کا بھونکنا شروع ہوا تو رات بھر جاری رہے گا۔ مچھر الگ ستا رہے ہیں۔

توبہ ہے توبہ! ایک جالی کا پردہ گرمیوں میں بہت آرام دیتا ہے۔ مچھروں سے نجات ملتی ہے۔ مگر کیا، نجات کیا! دن بھر کی مشقت، چیخ پکار، کڑی دھوپ میں گھنٹوں ایک جگہ سے دوسری جگہ گھومتے گھومتے جان نکل جاتی ہے۔ اماں کہا کرتی تھیں، اکبر دھوپ میں مت دوڑ، آ، میرے پاس آکے لیٹ بچے! لو لگ جائے گی تجھے بچے۔ ایک مدت ہوگئی اسے بھی۔ اب تو یہ باتیں خواب معلوم ہوتی ہیں اور مولوی صاحب ہمیشہ میری تعریف کرتے تھے، دیکھو نالائقو! اجبر کو دیکھو، اسے شوق ہے علم کا۔ خواب، وہ سب باتیں خواب معلوم ہوتی ہیں۔ میں بستہ تختی لیے دوڑتا ہوا واپس آتا تھا۔ اماں گود سے چمٹا لیتی تھیں۔ مگر کیا آرام تھا! اس وقت بھی کیا آرام تھا! یہ سب چیزیں میری قسمت میں ہی نہیں۔ مگر جو مصیبت میں برداشت کر چکا شاید ہی کسی کو اٹھانی پڑی ہوں۔ اسے یاد کرنے سے فائدہ؟

خیراتی اسپتال، نرسیں، ڈاکٹر، سب ناک بھوں چڑھائے اور اماں کا یہ حال کہ کروٹ لینا محال اور ان کے اگالدان میں خون کے ڈلے کے ڈلے۔ معلوم ہوتا تھا کہ گوشت کے لوتھڑے ہیں۔۔۔ اور میں سب کو خط پہ خط لکھتا تھا۔ یہی سب جو رشتہ دار بنتے ہیں! آیئے اکبر بھائی آیئے! آپ سے تو برسوں سے ملاقات نہیں ہوئی۔۔۔ یہی! انھیں کے ماں، باپ۔ کیا ہو جاتا اگر ذرا اور مدد کر دیتے۔ دنیا بھر کی خرافات پر پانی کی طرح دولت بہاتے ہیں۔ کسی رشتہ دار کی مدد کرتے وقت مل مل کر پیسہ دیتے ہیں۔ اور پھر احسان جتانا اتنا کہ خدا کی پناہ! ایک دن میں کہیں باہر گیا ہوا تھا، انھیں صاحبزادے کی والدہ، اماں کو دیکھنے آئیں۔ میں جو پہنچا تو انھیں آئے ہوئے چند ہی منٹ ہوئے تھے۔ چہرہ سے ٹپک رہا تھا کہ انہیں ڈر ہے جراثیم ان کے

سینے کے اندر نہ گھس جائیں۔ مگر بیمار کو دیکھنے آنا فرض ہے، ثواب کا کام ہے۔

یہ سب تو سب الٹے مجھے ڈانٹنا شروع کیا: کہاں گیے تھے تم اپنی والدہ کو چھوڑ کر۔ ان کی حالت ایسی نہیں کہ انہیں اس طرح سے چھوڑا جائے۔۔۔ مریض کے منہ پر اس طرح کی باتیں۔ میں غصہ سے کھولنے لگا، مگر مرتا کیا نہ کرتا۔ اسپتال کا خرچ انھیں لوگوں سے لینا تھا۔ میرے بیوی بچے کا ٹھکانا انہیں کے یہاں تھا۔۔۔ میری شادی کی جس نے سنا مخالفت کی۔ لیکن اماں بیچاری کا سب سے بڑا ارمان میری شادی تھی۔ اکبر کی دلہن بیاہ کے لاؤں، بس میری یہ آخری تمنا ہے۔ لوگ کہتے تھے کہ گھر میں کھانے کو نہیں۔ شادی کس بوتے پر کروگی۔ اماں کہتی تھیں کہ خدا رازق ہے۔ جب میری نسبت طے ہوگئی، شادی کی تاریخ مقرر ہوگئی، شادی کا دن آگیا، تو وہی لوگ جو مخالفت کرتے تھے سب برات میں جانے کو تیار ہو کر آگیے۔ ساری بچی بچائی پونجی اماں کی مہمان داری اور شادی کے لوازمات میں خرچ ہوگئی۔ گیس کی روشنی، ریشمی اچکنیں، پلاؤ، باجہ، مسند، ہنسی مذاق، بھیڑ۔ کھانے میں کمی پڑ گئی۔ باورچی نے چوری کی۔ بادشاہ علی صاحب کا جوتا چوری گیا، زمین آسمان کے قلابے ملادیے۔ ابے الو کے پٹھے تو نے جوتا سنبھال کے کیوں نہیں رکھا۔ جی حضور! قصور میرا نہیں۔۔۔ مہر کا جھگڑا ہونا شروع ہوا۔ موجل اور معجل کی بحث۔ منہ دکھائی کی رسم، سلام کرائی کی رسم۔ مذاق، پھول، گالی گلوج۔ شادی ہوگئی۔ اماں کا ارمان پورا ہوگیا۔

محرم علی بیچارا چالیس برس کا ہوگیا اس کی شادی نہیں ہوئی۔ اکبر میاں شادی کروادیجیے، شیطان رات کو بہت ستاتا ہے۔ شادی، خوشی۔ کوئی ہمدرد بات کرنے والا

جس سے اپنے دل کی ساری باتیں اکیلے سنادیں۔ کوئی عورت جس سے محبت کر سکیں، دو گھڑی ہنسیں بولیں، چھاتی سے لگائیں پیار کریں۔۔۔ ارے مان بھی جاو میری جان! میری پیاری، میری سب کچھ۔ زبان بیکار ہے۔ ہاتھ، پیر، سارا جسم، جسم کا ایک ایک رونگٹا۔۔۔ کیوں آج مجھ سے خفا ہو؟ بولو! ارے تم نے تو رونا شروع کیا۔ خدا کے واسطے بتاؤ آخر کیا بات کیا ہے؟ دیکھو، میری طرف دیکھو تو سہی۔ وہ آئی ہنسی، وہ آئی ہونٹوں پر۔ بس اب ہنس تو دو۔ کیا دو دن کی زندگی میں خواہ مخواہ کا رونا دھونا۔ افوہ، یوں نہیں یوں۔ اور اور زور سے میرے سینے سے لپٹ جاؤ۔

لکھنؤ کے کوٹھوں کی سیر میں نے بھی کی ہے۔ ایسا غریب نہیں ہوں کہ دور ہی سے رنڈیوں کو دیکھ کر سسکیاں لیا کروں۔ آیئے حضور اکبر صاحب! یہ کیا ہے جو مدتوں سے ہماری طرف رخ ہی نہیں کرتے۔ ادھر کوئی نئ چلتی ہوئی غزل کہی ہو تو عنایت فرمایئے۔ گا کر سناؤں۔ لیجیے پان نوش فرمایئے۔ ارے لو اور لو، ذرا دم تو لیجیے۔ نہیں آج تو معاف فرمایئے، پھر کبھی۔ میں تو آپ کی خادم ہوں۔۔۔ روپے کی غلام۔ سمجھتی ہے میرے پاس ٹکے نہیں۔ روپے دیکھ کر راضی ہوگئی۔ کیا سناؤں حضور۔۔۔! طبلہ کی تھاپ، سارنگی کی آواز، گانا بجانا۔ پھر تو میں تھا اور وہ تھی اور ساری رات تھی۔ نیند جسے آئی ہو وہ کافر۔ یہ راتوں کا جاگنا۔ دوسرے دن دردسر، تھکاوٹ، بدمزگی۔ اماں کی بیماری کے زمانے میں ان کی پلنگ کی پٹی سے لگا گھنٹوں بیٹھا رہتا تھا اور ان کی کھانسی۔ کبھی کبھی تو مجھے خود ڈر معلوم ہونے لگتا۔ معلوم ہوتا تھا کہ ہر کھانسی کے ساتھ ماں کے سینے میں ایک گہرا خم اور پڑ گیا۔ ہر سانس کے ساتھ جیسے زخموں پر سے کسی نے تیز چھری کی باڑھ چلادی۔ اور وہ گھر گھراہٹ جیسے

کسی پرانے کھنڈر میں لو چلنے کی آواز ہوتی ہے۔ ہولناک۔ مجھے اپنی ماں سے ڈر معلوم ہونے لگتا۔

اس ہڈی چمڑے کے ڈھانچے میں میری ماں کہاں! میں ان کے ہاتھ پر اپنا ہاتھ رکھتا، دھیرے سے دباتا، ان کی آدھی کھلی آدھی بند آنکھیں میری طرف مڑتیں، ان کی نظر مجھ پر ہوتی۔ اس وقت اس شکستہ پامال، مردہ جسم بھر میں بس آنکھیں زندہ ہوتیں۔ ان کے ہونٹھ ہلتے۔ اماں! اماں! آپ کیا کہنا چاہتی ہیں، جی! میں اپنا کان ان کے لبوں کے پاس لے جاتا۔ وہ اپنا ہاتھ اٹھا کر میرے سر پر رکھتیں۔ میرے بالوں میں ان کی انگلیاں معلوم ہوتا تھا پھنسی جاتی ہیں اور وہ چھڑانا نہیں چاہتیں۔ بہت دیر ہو گئی، جاؤ تم سو رہو۔۔۔ اماں یونہی پلنگ پر لیٹی ہیں۔ ایک مہینہ، دو مہینہ، تین مہینہ، ایک سال، دو سال، سو سال، ہزار سال۔ موت کا فرشتہ آیا۔ بدتمیز، بیہودہ کہیں کا! چل نکل یہاں سے، بھاگ، ابھی بھاگ، ورنہ تیری دم کاٹ لوں گا، ڈانٹ پڑے گی پھر بڑے میاں کی! ہنستا ہے؟ کیوں کھڑا ہے سامنے دانت نکالے، تیرے فرشتے کی ایسی کی تیسی۔ تیرے۔۔۔ فرشتے۔۔۔ کی۔۔۔

ساری دنیا کی ایسی کی تیسی، میاں اکبر تمہاری ایسی تیسی۔ ذرا آپ کی قطع ملاحظہ فرمائیے۔ پھونک دو تو اڑ جائیں۔ بڑے شاعر غرا بنے ہیں۔ مشاعروں میں تعریف کیا ہو جاتی ہے کہ سمجھتے ہیں۔۔۔ کیا سمجھتے ہیں بیچارے سمجھیں گے کیا! بیوی جان کو سمجھنے بھی دیں۔ صبح سے شام تک شکایت، رونا دھونا۔ کپڑا اچھٹا ہے۔ بچے کی ٹوپی کھو گئی، نئی خرید کے لے آؤ۔۔۔ جیسے میری اپنی ٹوپی نئی ہے۔۔۔ کہاں کھو گئی ٹوپی؟ میں کیا جانوں کہاں کھو گئی۔ اس کے ساتھ کونے کونے میں تھوڑی بھاگتی پھرتی

ہوں۔ مجھے کام کرنا ہوتا ہے۔ برتن دھونا، کپڑے سینا۔ سارے گھر کا کام میرے ذمہ ہے۔ مجھے کسی کی طرح شعر کہنے کی فرصت نہیں۔ سن لو خوب اچھی طرح سے، مجھے کام کرنا ہوتا ہے۔ بھڑ کا چھتہ چھیڑ دیا اب جان بچانی مشکل ہوئی۔ کیا قینچی کی طرح زبان چلتی ہے۔ ماشاء اللہ، چشم بد دور۔۔۔ اچھی طرح جانتے ہو کہ میرے پاس پہننے کو ایک ٹھکانے کا کپڑا نہیں ہے۔ لڑکا تمہارا الگ ننگا گھومتا ہے، مگر تم ہو کہ معلوم ہوتا ہے کوئی واسطہ ہی نہیں۔ جیسے کسی غیر کے بیوی بچے ہیں۔ ہائے اللہ میری قسمت پھوٹ گئی۔

اب رونا شروع ہونے والا ہے۔ میاں اکبر بہتر یہی ہے کہ تم چپکے سے کھسک جاؤ۔ اس میں شرمانے کی کیا بات ہے۔ تمہاری مردانگی میں کوئی فرق نہیں آتا۔ خیریت بس اب اسی میں ہے کہ خاموشی کے ساتھ کھسک جاؤ۔ ہجرت کرنے سے ایک رسول کی جان بچی۔ معلوم نہیں ایسے موقع پر رسول بیچارے کیا کرتے تھے، عورتوں نے ان کے بھی تو ناک میں دم کر رکھا تھا۔ تو پھر میری کیا ہستی ہے۔ اے خدا آخر تو نے عورت کیوں پیدا کی؟ مجھ جیسا غریب، کمزور آدمی تیری اس امانت کا بار اپنے کندھوں پر نہیں اٹھا سکتا اور قیامت کے دن میں جانتا ہوں کیا ہو گا۔ یہی عورتیں وہاں بھی چیخ پکار مچائیں گی، وہ غمزے کریں گی، وہ آنکھیں ماریں گی کہ اللہ میاں بیچارے خود اپنی سفید داڑھی کھجانے لگیں۔ قیامت کا دن آخر کیسا ہو گا؟ سوا نیزے پر آفتاب، مئی جون کی گرمی اس کے سامنے ہیچ ہو گی۔۔۔ گرمی کی تکلیف، توبہ توبہ ارے توبہ! یہ مچھروں کے مارے ناک میں دم، نیند حرام ہو گئی۔

پن پن۔ چٹ۔ وہ مارا۔ آخر یہ کمبخت ٹھیک کان کے پاس آکے کیوں

بھنبھناتے ہیں۔ خدا کرے قیامت کے دن مچھر نہ ہوں۔ مگر کیا ٹھیک۔ کچھ ٹھیک نہیں۔ آخر مچھر اور کھٹمل اس دنیا ہی میں خدا نے کس مصلحت سے پیدا کیے؟ معلوم نہیں پیمبروں کو کھٹمل اور مچھر کاٹتے ہیں یا نہیں۔ کچھ ٹھیک نہیں، کچھ ٹھیک نہیں۔۔۔ آپ کا نام کیا ہے؟ میرا کیا نام ہے۔ کچھ ٹھیک نہیں۔ واہ واواہ! مصلحتِ خداوندی۔ خداوندی اور رنڈی اور بھنڈی۔ غلط! بھن ڈی ہے۔ بھنڈی تھوڑی ہے۔ میاں اکبر! اتنا بھی اپنی حد سے نہ باہر نکل چلے اور کیا ہے؟ بحر رجز میں ڈال کے بحر رمل چلے، بحر رمل چلے، خوب! وہ طفل کیا گرے گا جو گھٹنوں کے بل چلے۔ انگور کھٹے! آپ کو کھٹاس پسند ہے؟ پسند، پسند سے کیا ہوتا ہے؟ چیز ہاتھ بھی تو لگے۔ مجھے گھوڑی گاڑی پسند ہے مگر قریب پہنچا نہیں کہ وہ دولتی پڑتی ہے کہ سر پر پاؤں رکھ کر بھاگنا پڑتا ہے اور مجھے کیا پسند ہے؟ میری جان! مگر تم تو میری جان سے زیادہ عزیز ہو۔

چلو ہٹو! بس رہنے بھی دو، تمہاری میٹھی میٹھی باتوں کا مزہ میں خوب چکھ چکی ہوں۔۔۔ کیوں کیا ہوا کیا۔۔۔؟ ہوا کیا؟ مجھ سے یہ بے غیرتی نہیں سہی جاتی۔ تم جانتے ہو کہ دن بھر لونڈی کی طرح سے میں کام کرتی ہوں، بلکہ لونڈی سے بھی بدتر۔ جب سے میں اس گھر میں آئی ہوں کسی خدمت گارن کو ایک مہینہ سے زیادہ ٹکتے نہ دیکھا۔ مجھے سال بھر سے زیادہ ہوگیے اور کبھی جو ذرا دم لینے کی فرصت ملی ہو۔ اکبر کی دلہن یہ کرو، اکبر کی دلہن وہ کرو۔۔۔ ارے ارے کیا ہوا کیا، تم نے تو پھر رونا شروع کیا۔۔۔ میں تمہارے سامنے ہاتھ جوڑتی ہوں، مجھے یہاں سے کہیں اور لے جاکے رکھو۔۔۔ میں شریف زادی ہوں۔۔۔ سب کچھ تو سہہ لیا اب مجھ سے

گالی نہ برداشت ہو گی۔ گالی! گالی! معلوم نہیں کیا گالی دی۔ میری بیوی پر گالیاں پڑنے لگیں۔

یا اللہ! یا اللہ! اس بیگم کمبخت کا گلا اور میرا ہاتھ۔ اس کی آنکھیں نکل پڑیں، زبان باہر نکلنے لگی۔ خس کم جہاں پاک۔۔۔ خدا کے لیے مجھے چھوڑ دو! قصور ہوا، معاف کرو، اکبر، میں نے تمہارے ساتھ احسان بھی کیے ہیں۔۔۔ احسان تو ضرور کیے ہیں۔ احسانوں کا شکریہ ادا کرتا ہوں۔ مگر اب تمہارا وقت آ گیا۔ کیا سمجھ کے میری بیوی کو گالیاں دی تھیں؟ بس ختم! آخری دعا مانگ لو! گلا گھوٹنے سے سر کاٹنا بہتر ہے۔ بالوں کو پکڑ کر کٹا ہوا سر اٹھانا، زبان ایک طرف کو نکلی پڑ رہی ہے۔ خون ٹپک رہا ہے۔ آنکھیں گھور رہی ہیں۔۔۔ یا اللہ آخر مجھے کیا ہو گیا؟ خون کا سمندر! میں خون کے سمندر میں ڈوبا جا رہا ہوں۔ چاروں طرف سے لال لال گولے میری طرف بڑھتے چلے آ رہے ہیں۔ وہ آیا! وہ آیا! ایک، دو، تین! سب میرے سر پر آ کر پھٹیں گے۔۔۔ کہیں یہ دوزخ تو نہیں؟ مگر یہ تو گولے ہیں، آگ کے شعلے نہیں۔۔۔ میرے تن بدن میں آگ لگ گئی۔ میرے رونگٹے جل رہے ہیں۔ دوڑو! ارے دوڑو! خدا کے لیے دوڑو! میری مدد کرو۔ میں جلا جا رہا ہوں۔ میرے سر کے بال جلنے لگے۔ پانی! پانی! کوئی سنتا کیوں نہیں؟ خدا کے واسطے میرے سر پر پانی ڈالو! کیا؟ ان جلتے ہوئے انگاروں پر سے مجھے ننگے پیر چلنا پڑے گا؟ کیا؟ میری آنکھوں میں دہکتے ہوئے لوہے کی سلاخیں ڈالی جائیں گی؟ کیا؟ مجھے کھولتا ہوا پانی پینے کو ملے گا؟ کیا کیا کیا؟ مجھے پیپ کھانا پڑے گی؟

یہ شعلے میری طرف کیوں بڑھتے چلے آ رہے ہیں؟ یہ شعلے ہیں یا نیزے ہیں؟

آگ کے نیزے! زخم کی بھی تکلیف اور جلنے کی بھی۔ یہ کس کے چیخنے کی آواز آئی؟ میں تو سن چکا ہوں اس آواز کو۔ اُواُواُو۔۔۔ اووو و۔۔۔ آواز دور ہوتی جاتی ہے۔ میرے لڑکے نے آخر کیا قصور کیا ہے؟ میرے لڑکے کو کس جرم کی سزا مل رہی ہے؟ میرا لڑکا تو ابھی چار برس کا ہے۔ اسے تو معاف کر دینا چاہیے۔ میں گنہگار ہوں! میں خطاوار ہوں! یہ کون آرہا ہے میرے سامنے سے؟ ارے معاذ اللہ! سانپ چمٹے ہوئے ہیں اس کی گردن سے۔ اس کے پستان کو کاٹ رہے ہیں۔۔۔ اے حضور! آداب عرض ہے! اے حضور بھول گئے ہم غریبوں کو؟ میں ہوں منی جان! کوئی ٹھمری، کوئی دادرا، کوئی غزل۔ اے ہے آپ تو جیسے ڈرے جاتے ہیں حضور! یہ سانپ آپ سے کچھ نہیں بولیں گے۔ ان کا بھی عجب لطیفہ ہے۔ میں جب یہاں داخل ہوئی تو داروغہ صاحب نے کہا، بی منی جان! سرکار کا حکم ہے پانچ بچھو تمہاری خدمت کے لیے حاضر کیے جائیں۔ میں حضور سہم گئی۔ بچپن سے مجھے بچھوؤں سے نفرت تھی۔ میں نے حضور بہت ہاتھ پیر جوڑے، مگر داروغہ صاحب نے کہا کہ سرکار کے حکم کی تعمیل ان پر فرض ہے۔ تب میں نے کہا کہ اچھا آپ مجھے سرکار کے دربار میں پہنچا دیں، میں خود ان سے عرضداشت کروں گی۔

داروغہ صاحب بیچارے بھلے آدمی تھے، مجھے اپنے پاس بلا کے بٹھایا، میرے گالوں پر ہاتھ پھیرے، آخر کار راضی ہو گیے۔ پہلے تو مجھے کئی گھنٹے انتظار کرنا پڑا۔ داروغہ صاحب نے کہا کہ اس وقت سرکار پیمبروں کی کونسل کر رہے ہیں، جب اس سے فرصت ہو گی تب میری پیشی ہو گی۔ میں نے جو یہ سنا تو کوشش کی کہ جھانک کر اپنے پیمبر صاحب کا جلوہ دیکھ لوں، مگر دروازے کے دربان، موئے مسٹنڈے دیو،

مجھے دھکا دے کر الگ کر دیا۔ خیر حضور، آخر کار میری باری آئی۔ میرا دل دھڑ دھڑ کر رہا تھا کہ دیکھوں کیا ہوتا ہے۔ سرکار کے دربار میں داخل ہوتے ساتھ ہی میں گھٹنوں کے بل گر پڑی۔ میری اپنی زبان سے تو کچھ بولا نہ جاتا تھا، داروغہ صاحب نے میرا احوال بیان کیا۔

اتنے میں حکم ہوا کھڑی ہو۔ میں حضور کھڑی ہو گئی۔ تو سرکار خود اٹھ کے میرے پاس تشریف لائے۔ بڑی سی سفید داڑھی، گورا چٹا رنگ، اور میری طرف مسکرا کے دیکھا۔ پھر میرا ہاتھ پکڑ کر ایک بغل کے کمرے میں لے گیے۔ میری حضور سمجھ ہی میں نہیں آتا تھا کہ آخر ماجرا کیا ہے۔۔۔ مگر حضور دیکھنے ہی میں بڈھے معلوم ہوتے ہیں، ایسے مرد دنیا میں تو میں نے دیکھے نہیں اور آپ کی دعا سے حضور میرے یہاں بڑے بڑے رئیس آتے تھے! خیر تو حضور بعد میں سرکار نے فرمایا کہ سزا تو مجھے ضرور ملے گی، کیونکہ ان کا انصاف تو سب کے ساتھ برابر ہے، مگر بجائے بچھو کے مجھے دو ایسے سانپ ملے جو بس میرے پستان چاٹا کرتے ہیں۔ سچ پوچھیے حضور تو اس میں تکلیف کچھ نہیں اور مزا ہی ہے۔۔۔ مگر آپ تو مجھ سے ڈرے جاتے ہیں۔ اکبر صاحب! اے حضور اکبر صاحب۔۔۔ کوئی ٹھمری، کوئی دادرا، کوئی غزل۔۔۔

یا اللہ مجھے جہنم کی آگ سے بچا! تو ارحم الراحمین ہے۔ میں تیرا ایک ناچیز گنہگار بندہ تیرے سامنے دست بدعا ہوں۔۔۔ مگر کچھ بھی ہو ذلت مجھ سے برداشت نہ ہو گی۔ میری بیوی پر گالیاں پڑنے لگیں۔ مگر میں کروں تو کیا کروں؟ بھوکا مروں؟ ہڈیوں کا ایک ڈھانچہ اس پر ایک کھوپڑی، کھٹ کھٹ کرتی سڑک پر چلی جا رہی ہے۔

اکبر صاحب! آپ کے جسم کا گوشت کیا ہوا؟ آپ کا چمڑا کدھر گیا؟ جی میں بھو کا مر رہا ہوں، گوشت اپنا میں نے گدھوں کو کھلا دیا، چمڑے کے طبلے بنوا کر بی منی جان کو تحفہ دے دیے۔ کہیے کیا خوب سوجھی! آپ کو رشک آتا ہو تو بسم اللہ میری پیروی کیجیے۔ میں کسی کی پیروی نہیں کرتا! میں آزاد ہوں ہوا کی طرح سے! آزادی کی آج کل اچھی ہوا چلی ہے۔ پیٹ میں آنتیں قل ہو اللہ پڑھ رہی ہیں اور آپ ہیں کہ آزادی کے چکر میں ہیں۔ موت یا آزادی! نہ مجھے موت پسند نہ آزادی۔ کوئی میرا پیٹ بھر دے۔

پن، پن پن۔ چٹ، ہت ترے مچھر کی۔۔۔ ٹن ٹن ٹن۔۔۔ ٹن ٹن۔۔۔

٭ ٭ ٭

جنت کی بشارت

لکھنؤ اس زوال کی حالت میں بھی علوم اسلامیہ کا مرکز ہے۔ متعدد عربی مدارس آج کل کے پر آشوب زمانے میں شمع ہدایت روشن کیے ہوئے ہیں۔ ہندوستان کے ہر گوشے سے حرارت ایمانی رکھنے والے قلوب یہاں آکر تحصیل علم دین کرتے ہیں اور اسلام کی عظمت قایم رکھنے میں معین ہوتے ہیں۔ بد قسمتی سے وہ دو فرقے جن کے مدارس لکھنؤ میں ہیں ایک دوسرے کو جہنمی سمجھتے ہیں۔ مگر اگر ہم اپنی آنکھوں سے اس فرقہ بندی کی عینک اتار دیں اور ٹھنڈے دل سے ان دونوں گروہ کے اساتذہ اور طلبا پر نظر ڈالیں تو ہم ان سب کے چہروں پر اس ایمانی نور کی جھلک پائیں گے جس سے ان کے دل اور دماغ منور ہیں۔ ان کے لبے بات کرتے اور قبائیں، ان کی کفش اور سلیپر، ان کی دو پلی ٹوپیاں، ان کا گھٹا ہوا گول سر اور ان کی متبرک داڑھیاں جن کے ایک ایک بال کو حوریں اپنی آنکھوں سے ملیں گی، ان سب سے ان کا تقدس اور زہد ٹپکتا ہے۔ مولوی محمد داؤد صاحب برسوں سے ایک مدرسے میں درس دیتے ہیں اور اپنی ذہانت کے لیے مشہور تھے۔ عبادت گزاری کا یہ عالم تھا کہ ماہ مبارک رمضان میں رات کی رات، تلاوت و نماز خوانی میں گزر جاتی

تھی اور انھیں خبر تک نہ ہوتی۔ دوسرے دن جب دوران درس میں نیند کا غلبہ ہوتا تھا تو طالب علم سمجھتے تھے کہ مولانا پر کیف روحانی طاری ہے اور خاموشی سے اٹھ کر چلے جاتے۔

رمضان کا مبارک مہینہ ہر مسلمان کے لیے رحمت الٰہی ہے۔ علی الخصوص جب رمضان مئی اور جون کے لمبے دن اور تپتی ہوئی دھوپ کے ساتھ ساتھ پڑے۔ ظاہر ہے کہ انسان جس قدر زیادہ تکلیف برداشت کرتا ہے اسی قدر زیادہ ثواب کا مستحق ہوتا ہے۔ ان شدید گرمی کے دنوں میں اللہ کا ہر نیک بندہ مثل ایک بپھرے ہوئے شیر کے ہوتا ہے جو راہ خدا میں جہاد کرتا ہو۔ اس کا خشک چہرہ اور اس کی دھنسی ہوئی آنکھیں پکار پکار کر کہتی ہیں کہ: اے وہ گروہ جو ایمان نہیں لاتے اور اے وہ بدنصیبو! جن کے ایمان ڈگمگا رہے ہیں، دیکھو! ہماری صورت دیکھو! اور شرمندہ ہو۔ تمہارے دلوں پر، تمہاری سماعت پر اور تمہاری بصارت پر اللہ پاک نے مہر لگا دی ہے، مگر وہ جن کے دل خوف خدا سے تھرا رہے ہیں، اس طرح اس کی فرماں برداری کرتے ہیں۔"

یوں تو ماہ مبارک کا ہر دن اور ہر رات عبادت کے لیے ہے مگر سب سے زیادہ فضلیت شب قدر کی ہے۔ اس رات کو بار گاہ خداوندی کے دروازے اجابت دعا کے لیے کھول دیئے جاتے ہیں، گایہ گاروں کی توبہ قبول کرلی جاتی ہے اور مومنین بے حد و حساب ثواب لوٹے ہیں۔ خوش نصیب ہیں وہ بندے جو اس شب مسعود کو نماز خوانی اور تلاوت قرآن مجید میں بسر کرتے ہیں۔ مولوی داؤد صاحب کبھی ایسے اچھے موقعوں پر کوتاہی نہ کرتے تھے۔ انسان ہر ہر لمحہ اور ساعت میں نہ معلوم کتنے

گناہوں کا مرتکب ہوتا ہے اچھے برے ہزاروں خیال دماغ سے گزرتے ہیں۔ قیامت کے ہولناک دن جب ہر شخص کے گناہ اور ثواب تولے جائیں گے اور رتی رتی کا حساب دینا ہو گا تو کیا معلوم کیا نتیجہ ہو۔ اس لیے بہتر یہی ہے کہ جتنا زیادہ ثواب ممکن ہو حاصل کر لیا جائے۔ مولوی داؤد صاحب کو جب لوگ منع کرتے تھے کہ اس قدر زیادہ ریاضت نہ کیا کریں تو وہ ہمیشہ یہی جواب دیتے۔

مولانا کا سن کوئی پچاس سال کا ہو گا، گو کہ پستہ قد تھے مگر توانا، گندمی رنگ، تکنی داڑھی، بال کھچڑی تھے۔ مولانا کی شادی انیس یا بیس برس کے سن میں ہو گئی تھی۔ آٹھویں بچے کے وقت ان کی پہلی بیوی کا انتقال ہو گیا دو سال بعد انچاس برس کے سن میں مولانا نے دوسرا نکاح کیا۔ مگر ان کی نئی ممدوحہ کی وجہ سے مولانا کی جان ضیق میں رہتی۔ ان کے اور مولوی داؤد صاحب کے سن میں قریب بیس برس کا فرق تھا۔ گو کہ مولانا انہیں یقین دلایا کرتے تھے کہ ان کی داڑھی کے چند بال بلغم کی وجہ سے سفید ہو گئے ہیں۔ لیکن ان کی جوان بیوی فوراً دوسرے ثبوت پیش کرتیں اور مولانا کو چپ ہو جانا پڑتا۔

ایک سال کے شدید انتظار کے بعد شب قدر پھر آئی۔ افطار کے بعد مولانا گھنٹے آدھ گھنٹے لیٹے، اس کے بعد غسل کر کے مسجد میں نماز و دعاخوانی کے لیے فوراً روانہ ہو گئے۔ مسجد میں مسلمانوں کا ہجوم تھا۔ اللہ کے عقیدت مند اور نیک بندے، تہبندیں باندھے، لمبی لمبی ڈکاریں لیتے ہوئے مولانا داود صاحب سے مصافحہ کرنے کے لیے لپکے۔ مولانا کے چہرے سے نور ٹپک رہا تھا اور ان کا عصا گویا ان کے ایمان کی راستی کا شاہد بن کر سارے مجمع کو مرعوب کر رہا تھا۔ عشا کے بعد ڈیڑھ دو بجے

رات تک اکتساب ثواب کا ایک لگاتار سلسلہ رہا، اس کے بعد سحر گہی کی حاضر لذت سے جسم نے نمو پائی اور مولانا گھر واپس چلے۔ جماہی پر جماہی چلی آتی تھی، شیر مال، پلاؤ اور کھیر سے بھرا ہوا معدہ آرام ڈھونڈھ رہا تھا۔ خدا خدا کر کے مولانا گھر واپس پہنچے۔ روح اور جسم کے درمیان سخت جنگ جاری تھی۔ لیلۃ القدر کے دو تین گھنٹے ابھی باقی تھے جو عبادت میں بسر کیے جا سکتے تھے۔ مگر جسم کو بھی سکون اور نیند کی بے انتہا خواہش تھی۔ آخر کار اس پرانے زاہد نے روحانیت کا دامن تھام لیا اور آنکھیں مل کر نیند بھگانے کی کوشش کی۔

گھر میں اندھیرا چھایا ہوا تھا، لالٹین بجھی پڑی تھی۔ مولانا نے دیا سلائی ادھر ادھر ٹٹولی مگر وہ نہ ملنا تھی نہ ملی۔ صحن کے ایک کونے میں ان کی بیوی کا پلنگ تھا، مولانا دبے قدم، ڈرتے ڈرتے، ادھر بڑھے اور آہستہ سے بیوی کا شانہ ہلایا۔ گرمیوں کی تاروں بھری رات، اور پچھلے پہر کی خنکی میں مولوی صاحب کی جوان بیوی گہری نیند سو رہی تھیں۔ آخر کار انھوں نے کروٹ بدلی، اور آدھے جاگتے، آدھو سوتے ہوئے دھیمی آواز سے پوچھا، "اے کیا ہے؟"

مولانا اس نرم آواز کے سننے کے عادی نہ تھے۔ ہمت کر کے ایک لفظ بولے، "دیا سلائی۔"

مولوی صاحب کی بیوی پر ابھی تک نیند غالب تھی مگر اس نیم بیداری کے عالم میں، رات کی تاریکی، ستاروں کی جگمگاہٹ اور ہوا کی خنکی نے شباب پر اپنا طلسم کر دیا تھا۔ یکبارگی انھوں نے مولانا کا ہاتھ اپنی طرف کھینچا اور ان کے گلے میں دونوں باہیں ڈال کر، اپنے گال کو ان کے منھ پر رکھ کر، لمبی لمبی سانسیں لیتے ہوئے کہا، "آؤ

لیٹو۔"

ایک لمحہ کے لیے مولانا کا بھی دل پھڑک گیا۔ مگر دوسرے لمحے میں انھیں حوا کی آرزو، آدم کا پہلا گناہ، زلیخا کا عشق، یوسف کی چاک دامانی، غرض عورت کے گناہوں کی پوری فہرست یاد آگئی اور اپنے پر قابو ہو گیا۔ چاہے یہ سن کا تقاضا ہو، یا خوف خدا، یا روحانیت کے سبب سے ہو، بہر حال مولانا فوراً اپنی بیوی کے ہاتھ سے نکل کر اٹھ کھڑے ہوئے اور پتلی آواز سے پھر پوچھا، "دیا سلائی کہاں ہے؟"

ایک منٹ میں عورت کی نیند اور اس کی بیساختہ خواہش کی امنگ، دونوں غائب ہو کر طنز آمیز غصہ سے بدل گئی۔ مولانا کی بیوی پلنگ پر اٹھ بیٹھیں اور زہر سے بجھی ہوئی زبان سے ایک ایک لفظ تول تول کر کہا، "بڈھا موا! آٹھ بچوں کا باپ! بڑا نمازی بنا ہے! رات کی نیند حرام کر دی، دیا سلائی، دیا سلائی! طاق پر پڑی ہو گی۔"

ایک مسن مرد کا دل دکھانے کے لیے اس سے زیادہ تکلیف دہ کچھ نہیں کہ اس کی جوان بیوی اسے بڈھا کہے۔ مولانا کانپ گئے مگر کچھ بولے نہیں۔

انھوں نے لالٹین جلا کر ایک تخت پر جانماز بچھائی اور قرآن خوانی میں مشغول ہو گئے۔ مولانا کی نیند تو اڑ گئی تھی مگر تقریباً آدھے گھنٹہ کے بعد بھرے ہوئے معدے کے ابخارات نے جسم کو چور کر کے آنکھوں کو دبانا شروع کیا۔ سورۂ رحمن کی فصاحت اور مولانا کی دلآویز قرأت نے لوری کا کام کیا۔ تین چار مرتبہ اونگھ کر مولانا جانماز ہی پر فَبِاَیِّ، اَیِّ کہتے کہتے سو گئے۔

پہلے تو ان پر نیند کی گم شدگی طاری رہی، اس کے بعد انھوں نے یکایک محسوس کیا کہ وہ اکیلے، تن تنہا، ایک تاریک میدان میں کھڑے ہوئے ہیں اور خوف سے

کانپ رہے ہیں۔ تھوڑی دیر کے بعد یہ اندھیرا روشنی سے بدلنے لگا اور کسی نے ان کے پہلو سے کہا، "سجدہ کر! تو بارگاہ باری تعالیٰ میں ہے۔" کہنے کی دیر تھی کہ مولوی صاحب سجدے میں گر پڑے اور ایک دل دہلا دینے والی آواز، بادل کی گرج کی طرح، چاروں طرف گونجتی ہوئی مولوی صاحب کے کان تک آئی، "میرے بندے ہم تجھ سے خوش ہیں! تو ہماری اطاعت میں تمام زندگی اس قدر محو رہا کہ کبھی تو نے اپنی عقل اور اپنے خیال کو جنبش تک نہ دی جو دونوں شیطانی طاقتیں ہیں اور کفر والحاد کی جڑ ہیں۔ انسانی سمجھ ایمان واعتقاد کی دشمن ہے۔ تو اس راز کو خوب سمجھا اور تو نے کبھی نور ایمان کو عقل کے زنگ سے تاریک نہ ہونے دیا، تیرا انعام جنت ابدی ہے جس میں تیری خواہش پوری کی جائے گی۔" آواز یہ کہہ کر خاموش ہو گئی۔

تھوڑی مدت تک تو مولوی صاحب پر رعب خداوندی اس قدر غالب رہا کہ سجدے سے سر اٹھانے کی ہمت نہ ہوئی۔ کچھ دیر جب دل کی دھڑکن کم ہوئی تو انھوں نے لیٹے لیٹے کن انکھیوں سے اپنے داہنے، بائیں نظر ڈالی۔ ان آنکھوں نے کچھ اور ہی منظر دیکھا۔ سنسان میدان ایک عظیم الشان گول کمرے سے بدل گیا تھا۔ اس کمرے کی دیواریں جواہرات کی تھیں جن پر عجیب وغریب نقش ونگار بنے ہوئے تھے۔ سرخ، سبز، زرد، سنہرے اور روپہلے، جگمگاتے ہوئے پھول اور پھل۔ معلوم ہوتا تھا در و دیوار سے ٹپکے پڑتے ہیں۔ روشنی دیواروں سے چھن چھن کر آ رہی تھی، لیکن ایسی روشنی جس سے آنکھوں کو ٹھنڈک پہنچے! مولانا اٹھ بیٹھے اور چاروں طرف نظر دوڑائی۔

عجب! عجب! ہر چہار طرف کمرے کی دیوار پر کوئی ساٹھ یا ستر قد آدم کھڑکیاں

تھیں اور ہر کھڑکی کے سامنے ایک چھوٹا سا دریچہ۔ ہر ایک دریچہ پر ایک حور کھڑی ہوئی تھی۔ مولانا جس طرف نظر پھیرتے حوریں ان کی طرف دیکھ کر مسکراتیں اور دلآویز اشارے کرتیں۔ مگر مولانا جھینپ کر آنکھیں جھکا لیتے۔ دنیا کا مہذب زاہد اس وجہ سے شرمندہ تھا کہ یہ سب کی سب حوریں سر سے پیر تک برہنہ تھیں۔ دفعتہ مولانا نے اپنے جسم پر جو نظر ڈالی تو وہ خود بھی اسی نورانی جامے میں تھے۔ گھبرا کر انھوں نے ادھر ادھر دیکھا کہ کوئی ہنس تو نہیں رہا ہے، مگر سوا ان حوروں کے اور کوئی بھی نظر نہ آیا۔ دنیا کی شرم گو کہ بالکل غائب نہیں ہوئی تھی، لیکن اس کے وجود کی سب سے بڑی وجہ یعنی اغیار کا طنز و تمسخر جنت میں کہیں نام کو بھی نہ تھا۔ مولانا کی گھبراہٹ کم ہوئی۔ ان کی رگوں میں جوانی کا خون از سر نو دوڑ رہا تھا، وہ جوانی۔ جس کا زوال نہیں!

مولانا نے اپنی داڑھی پر ہاتھ پھیرا اور مسکراتے ہوئے ایک کھڑکی کی طرف بڑھے، حور آگے بڑھی اور انھوں نے اس پر سر سے پیر تک نظر ڈالی۔ اس کے جسم کا دمکتا ہوا چمپئی رنگ، اس کی کٹیلی آنکھیں، اس کا دل فریب تبسم، اس جنت نگاہ سے مولانا کی آنکھیں ہٹتی ہی نہ تھیں لیکن انسان ایک اچھی چیز سے بھلا کب سیر ہوتا ہے۔ مولانا کے قدم اٹھے اور وہ دوسرے در کی طرف بڑھے۔ اسی طرح وہ ہر در پر جا کر تھوڑی دیر رکتے، ان بہشتی ہستیوں کے ہر ہر عضو بدن کو غور سے دیکھتے اور مسکرا کر درود پڑھتے ہوئے آگے بڑھ جاتے۔ کسی کے گھونگھر والے بالوں کی سیاہی انھیں سب سے زیادہ پسند آتی، کسی کے گلابی گال، کسی کے عنابی ہونٹ، کسی کی متناسب ٹانگیں، کسی کی پتلی انگلیاں، کسی کی خمار آلود آنکھیں، کسی کی نوکیلی

چھاتیاں، کسی کی نازک کمر، کسی کا نرم پیٹ۔

آخر کار ایک حور کی پیاری ادا نے مولانا کا دل موہ لیا۔ وہ فوراً اچک کر اس کے حجرے میں داخل ہوئے اور اسے بیساختہ اپنے سینے سے لگالیا۔ مگر ابھی لب سے لب ملے ہی تھے کہ پیچھے سے قہقہے کی آواز آئی۔ اس بے موقعہ ہنسی پر مولانا کے غصہ کی کوئی انتہا نہ رہی۔ ان کی آنکھ کھل گئی۔ سورج نکل آیا تھا۔ مولانا جانماز پر پیٹ کے بل پڑے ہوئے۔۔۔ کو سینے سے لگائے تھے۔ ان کی بیوی پہلو میں کھڑی ہنس رہی تھیں۔

* * *

پھر یہ ہنگامہ۔۔۔

"مذہب دراصل بڑی چیز ہے۔ تکلیف میں، مصیبت میں، ناکامی کے موقعہ پر، جب ہماری عقل کام نہیں کرتی اور ہمارے حواس مختل ہوتے ہیں، جب ہم ایک زخمی جانور کی طرح چاروں طرف ڈری ہوئی بے بسانہ نظریں دوڑاتے ہیں، اس وقت وہ کون سی طاقت ہے جو ہمارے ڈوبتے ہوئے دل کو سہارا دیتی ہے؟ مذہب! اور مذہب کی جڑ ایمان ہے۔ خوف اور ایمان۔ مذہب کی تعریف لفظوں میں نہیں کی جاسکتی۔ اسے ہم عقل کے زور سے نہیں سمجھ سکتے۔ یہ ایک اندرونی کیفیت ہے۔۔۔"

"کیا کہا؟ اندورنی کیفیت؟"

"یہ کوئی ہنسنے کی بات نہیں، مذہب ایک آسمانی ضیا ہے جس کے پرتو میں ہم کائنات کا جلوہ دیکھتے ہیں۔ یہ ایک اندرونی۔۔۔"

"خدا کے واسطے کچھ اور باتیں کیجیے، آپ کو اس وقت میری اندرونی کیفیت کا اندازہ نہیں معلوم ہوتا۔ میرے پیٹ میں سخت درد ہو رہا ہے اس وقت مجھے آسمانی ضیا کی ضرورت بالکل نہیں۔ مجھے جلاب۔۔۔"

ایک بار رات کو میں ناول پڑھنے میں محو تھا کہ چپکے سے کوئی میرے کمرے میں داخل ہوا اور میرے سامنے آکر کھڑا ہو گیا۔ میں نے جو آنکھ اٹھائی تو کیا دیکھا کہ میاں ابلیس کھڑے ہیں۔

میں نے کہا "ابلیس صاحب! اس وقت آخر آپ کی مراد میرے یہاں آنے سے کیا ہے، میں ایک بہت دلچسپ ناول پڑھنے میں مشغول ہوں، خواہ مخواہ آپ پھر چاہتے ہیں کہ میں کتاب بند کر کے آپ سے مذہبی بحث شروع کروں۔ میرے نزدیک ناول پڑھنا مذہبی باتوں میں سر کھپانے سے بہتر ہے۔ آپ نے جو میرے دل میں وسوسہ پیدا کرنے کی کوشش کی ہے میں ہرگز اس کا شکار نہیں ہونا چاہتا۔"

میرے اس کہنے پر وہ ابلیس نما شخص مڑا اور کمرے کے باہر جانے لگا۔ اس طرح ایک فرشتے کے ساتھ برتاؤ کرنے پر میرا دل مجھے کچھ کچھ ملامت کرنے لگا ہی تھا کہ وہ شخص یکبارگی میری طرف پلٹا اور افسوس بھری آواز میں مجھ سے کہا،

"میں ابلیس نہیں جبرئیل ہوں۔ میں تم پر اس کا الزام نہیں رکھا چاہتا کہ تم نے مجھے ابلیس کہا۔ ابلیس بھی آخر میرے ہی ایسا ایک فرشتہ ہے۔ تم تو کیا تم سے بڑے لوگوں نے اکثر مجھے ابلیس سمجھ کر گھر سے نکال دیا۔ پیمبروں تک سے یہ غلطی سرزد ہو چکی ہے۔ بات یہ ہے کہ میں اچھائی کا فرشتہ ہوں۔ میری صورت سے تقدس ٹپکتا ہے۔ اگر ابلیس کی طرح میں حسین ہوتا تو شاید لوگ مجھ سے اس طرح کا برتاؤ نہ کرتے اور بھلا آپ یہ کیسے سمجھے کہ میں آپ سے مذہبی بحث کرنا چاہتا ہوں؟ مجھے بحث سے کوئی سروکار نہیں۔ ہر بحث چونکہ وہ عقل اور منطق پر مبنی ہوتی ہے شیطانی چیز ہے۔ مذہب کی جڑ ایمان ہے اگر تمہاری جڑ مضبوط ہے تو پھر خدا خود

مذہبی بحث میں تمہارا ساتھ دیتا ہے اور جب مدد خدا شامل حال ہو تو پھر عقل سے کیا سروکار؟ مذہب دراصل بڑی اچھی چیز ہے۔۔۔"

عقل اور ایمان، آسمان اور زمیں، انسان اور فرشتہ، خدا اور شیطان، میں کیا سوچ رہا ہوں؟ سوکھی ہوئی خشک زمین برسات میں بارش سے سیراب ہو جاتی ہے اور اس میں سے عجب طرح کی خوشگوار، سوندھی خوشبو آنے لگتی ہے۔ قحط میں لوگ بھوکے مرتے ہیں۔ بوڑھے، بچے، جوان، عورت، مرد آنکھوں میں حلقے پڑے ہوئے، چہرے زرد، ہڈیاں، پسلیاں جھری پڑی ہوئی کھال کو چیر کر معلوم ہوتا ہے باہر نکلی پڑ رہی ہیں۔ بھوک کی تکلیف، ہیضہ کی بیماری، قے، دست، مکھیاں، موت کوئی لاشوں کو گاڑنے یا جلانے والا نہیں، لاشیں سڑتی ہیں اور ان میں سے عجب طرح کی بدبو آنے لگتی ہے۔

ایک رئیس کے یہاں ایک ولائتی کتا پلا تھا۔ اس کا نام تھا شیرا۔ اس کے لیے روزانہ کا راتب مقرر تھا اور وہ عام طور سے گھر کے احاطہ کے اندر ہی رہا کرتا تھا۔ کبھی کبھی بازاری کتیوں کے پیچھے البتہ بھاگتا تھا۔ جب وہ بڑا ہوا تب اس کی یہ عادت بھی بڑھی محلے میں اور جو دبلے، پتلے، بازاری کتے تھے وہ جب شیرا کو آتا دیکھتے تو اپنی کتیوں کو چھوڑ کر بھاگ جاتے اور دور سے کھڑے ہو کر شیرا پر بھونکتے۔ شیرا کتیوں کے ساتھ رہتا اور ان کتوں کی طرف رخ بھی نہ کرتا۔ تھوڑے دنوں کے بعد اتفاق ایسا ہوا کہ بڑا بھاری شیرا سے تقریباً دونے جسم کا بازاری کتا اس محلے میں کہیں سے آگیا اور وہ شیرا سے لڑنے پر آمادہ ہو گیا۔ دو ایک دفعہ شیرا سے اور اس سے جھڑپ بھی ہوئی۔ ایسے موقع پر کتیاں تو سب بھاگ جاتیں اور سارے بازاری کتے

اپنے گروہ کے پیشوا کے ساتھ مل کر شیرا پر حملہ کرتے۔ رفتہ رفتہ شیرا کا اپنے گھر سے باہر نکلنا ہی نہ صرف بند ہو گیا بلکہ بازاری کتوں کا گروہ الٹے شیرا پر حملہ کرنے کے لیے اس کے احاطہ کے اندر آنے لگا۔ جب اس قسم کا حملہ ہوتا تو گھر میں کتوں کے بھونکنے کی وجہ سے کان پڑی آواز نہ سنائی دیتی۔ نوکر وغیرہ جو قریب ہوتے وہ شیرا کو چھوڑانے کے لیے لپکتے اور بڑی بری مشکلوں سے شیرا کو اس کے دشمنوں سے بچاتے۔ شیرا کئی دفعہ زخمی ہوا اور اب گھر کے اندر چھپا بیٹھا رہتا۔ بازاری کتوں کی پوری فتح ہو گئی۔ ایک دن علی الصبح شیرا اپنے گھر کے احاطہ میں پھر رہا تھا کہ باہر والے کتوں کے گروہ نے بڑے کتے کی سرکردگی میں اس پر حملہ کیا۔ گھر میں سب سو رہے تھے۔ مگر غل اور شور اتنا ہوا کہ لوگ جاگ اٹھے۔ رئیس صاحب جن کا کتا تھا اندر سے باہر نکل پڑے اور اس ہنگامے کو دیکھ کر اپنی بندوق اٹھا لائے۔ انھوں نے بڑے بازاری کتے پر نشانہ لگا کر فایر کیا اور اس کا وہیں خاتمہ کر دیا، باقی کتے بھاگ گئے۔ شیرا زخمی شدہ اپنے مالک کے قدموں پر آ کر لوٹنے لگا۔ کمینے، رذیل بازاری کتوں کی کمر ٹوٹ گئی۔ شریف، خاندانی، ولائتی کتا سلامت رہ گیا اور پھر اس طرح سے مزے کرنے لگا۔

انسانیت کسے کہتے ہیں؟

گومتی ہزاروں برس سے یوں ہی بہتی چلی جا رہی ہے۔ طغیانیاں آتی ہیں، آس پاس کی آبادی کو مٹا کر دریا پھر اسی رنگ سے آہستہ آہستہ بہنے لگتا ہے۔ دریا کے کنارے ایک جگہ ایک چھوٹا سا مندر ہے۔ اس مندر کی نیو معلوم ہوتا ہے بالو پر تھی۔ بالو کو دریا کے دھارے نے کاٹ دیا۔ مندر کا ایک حصہ جھک گیا۔ اب مقدر

(مندر۔ خ۔ ع) ترچھا ہو گیا۔ مگر ابھی تک قایم ہے۔ تھوڑے دن بعد بالکل مسمار ہو جائے گا۔ تھوڑے دن تک کھنڈر کا نشان رہے گا۔ اس کے بعد مندر جہاں پہلے تھا وہاں سے دریا بہنے لگے گا۔

آج تیوہار ہے، نہان کا دن ہے۔ صبح سویرے سے دریا کے کنارے کے مندروں اور گھاٹوں پر بھیڑ ہے۔ لوگ منتر پڑھتے ہیں اور ڈبکیاں لیتے جاتے ہیں۔ دریا کا پانی میلا معلوم ہوتا ہے۔ لہروں پر گیندے اور گلاب کے پھولوں کی پنکھڑیاں اوپر نیچے ہوتی ہوئی بہتی چلی جارہی ہیں۔ کہیں کہیں کناروں پر جا کر بہت سے پھول، پتیاں، چھوٹے چھوٹے لکڑی کے ٹکڑے پیے ہوئے سگریٹ، عورتوں کے کپڑوں سے گری ہوئی سنہری چمکیاں، مردہ مچھلی اور اسی قسم کی اور چیزیں اکٹھے ہو کر رک گئی ہیں۔

گومتی ندی، شیر اکتا، مردہ مچھلی، آسمان پر بہتے ہوئے بادل اور زمین پر سڑتی ہوئی لاشیں، ان پر رحمت خداوندی اپنا سایہ کیے ہوئے ہے۔

کلو مہتر کے جوان لڑکے کو سانپ نے ڈس لیا۔ برسات کا موسم تھا، وہ صحن میں زمین پر سو رہا تھا۔ صبح ہوتے ہوئے، اس کی باتیں کہنی کے قریب سانپ نے کاٹا۔ اس کو خبر تک نہیں ہوئی۔ پانچ بجے صبح کو وہ اٹھا، بازو پر اس نے نشان دیکھے، خفیف سی تکلیف محسوس کی۔ اپنی ماں کو اس نے یہ نشان دکھائے اور یہ خیال کر کے کہ کسی کیڑے مکوڑے کے کاٹنے کا نشان ہے، وہ جھاڑو دینے میں مشغول ہو گیا۔ کلو مہتر اور اس کے سارے بیوی بچے ایک گھر میں نوکر تھے۔ ان کی پندرہ روپیہ مہینہ تنخواہ تھی، رہنے کے لیے شاگرد پیشہ میں ایک کوٹھری تھی جس میں کلو، اس کی بیوی،

اس کی دو لڑکیاں اور اس کا لڑکا، سب کے سب رہتے تھے۔ پندرہ روپیہ مہینہ، ایک کوٹھری اور کبھی کبھی بچا ہوا جوٹھا کھانا اور پھٹے پرانے کپڑے، کلو کو جن صاحب کے یہاں یہ سب کچھ ملتا تھا وہ ان کو خدا سے کم نہیں سمجھتا تھا۔ کلو کا لڑکا دس پندرہ منٹ سے زیادہ کام نہ کر سکا، اس کا سر گھومنے لگا اور اس کے بدن بھر میں سرسراہٹ محسوس ہونے لگی۔ چھ بجتے بجتے وہ پلنگ پر گر کر ایڑیاں رگڑنے لگا۔ اس کے منہ سے پھین نکلنے لگا، اس کی آنکھیں پتھرا گئیں۔ زہر اس کے رگ وپے میں سرائیت کر گیا اور موت نے اسے اپنے بیدرد شکنجے میں جکڑ لیا۔ اس کے ماں باپ نے رونا شروع کیا۔ سارے گھر میں خبر مشہور ہوگئی کہ کلو کے لڑکے کو سانپ نے ڈس لیا۔ سب نے دو اور من تجویز کیا۔ کلو کے آقا کے صاحبزادے بہت زیادہ غریب پرور اور رحم دل تھے۔ وہ خود کلو کی کوٹھری تک آئے اور کلو کے لڑکے کو خود انھوں نے اپنے ہاتھ سے چھوا اور دوا پلائی، مگر کلو کی اندھیری کوٹھری اتنی زیادہ گندی تھی اور اس میں اتنی بدبو تھی کہ صاحبزادے سے چار پانچ منٹ بھی نہ ٹھہرا گیا۔ رحم دلی اور غریب پروری کی آخر ایک انتہا ہوتی ہے۔ وہ واپس تشریف لا کر اچھی طرح نہائے، کپڑے بدل کر رومال میں عطر لگا کر سونگھا تب جا کر ان کی طبعتا درست ہوئی۔ رہا کلو کا لڑکا وہ بدنصیب ایک بجے کے قریب مر گیا۔ اس کوٹھری سے رونے پیٹنے کی آواز رات تک آتی رہی، جس کی وجہ سے سارے گھر میں اداسی چھا گئی۔ تجہیز و تکفین کے لیے کلو نے دس روپیے پیشگی لیے۔ رات کو آٹھ، نو بجے کے قریب کلو کے لڑکے کی لاش اٹھ گئی۔

حامد صاحب اپنی رشتہ کی بہن سلطانہ پر عاشق تھے۔ حامد صاحب نے سلطانہ

بیگم کو صرف دور سے دیکھا ہے۔ ایک دو لفظوں کے علاوہ کبھی آپس میں ان سے دیر تک باتیں نہیں ہوئیں۔ مگر عشق کی بجلی کے لیے لفظوں کی گفتگو کی، جان پہچان کی کیا ضرورت؟ حامد صاحب دل ہی دل میں جلا کرتے، جھوم جھوم کر شعر پڑھتے، اور کبھی کبھی جب عشق کی شدت ہوتی تو غزل لکھ ڈالتے اور رات کو دریا کے کنارے جا کر چپ بیٹھتے اور ٹھنڈی سانسیں بھرتے۔ صرف ان کے دو گہرے دوست حامد کے عشق کا راز جانتے تھے۔ اس طرح اپنے دل کی آگ چھپانے پر وہ حامد کی تعریف کیا کرتے تھے، شرکاء کا دستور یہی ہے،

دیکھنا بھی تو انھیں دور سے دیکھا کرنا
شیوہ عشق نہیں حسن کو رسوا کرنا!

حامد ہفتہ میں ایک بار سے زیادہ شاید ہی اپنے چچا کے گھر جاتے رہے ہوں۔ مگر جانے کے ایک دن پہلے سے ان کی بے چینی کی انتہا نہ رہتی۔ شاعر نے ٹھیک کہا ہے،

وعدۂ وصل چوں شود نزدیک آتش شوق تیز تر گردد

ان کے دوست جب حامد کی یہ کیفیت دیکھتے تو مسکراتے اور ذیل کا شعر پڑھتے،

عشق پر زور نہیں، ہے یہ وہ آتش غالبؔ
کہ لگائے نہ لگے اور بجھائے نہ بنے

حامد صاحب شرماتے، ہنستے، خفا ہوتے، گھبراتے، دل پر ہاتھ رکھتے اور اپنے دوستوں سے التجا کرتے کہ انھیں چھیڑیں مت۔

سلطانہ بیگم شریف زادی ٹھہریں۔ عشق یا محبت کے الفاظ، باعصمت بہو بیٹیوں

کی زبان تک آنا نامناسب ہیں۔ انھوں نے اپنے حامد بھائی سے آنکھ ملا کر شاید ہی کبھی بات کی ہو مگر جب وہ حامد بھائی کو اپنے سامنے گھبراتے اور جھینپتے دیکھتیں تو دل ہی میں سوچتیں کہ شاید عشق اسی چیز کا نام تو نہیں! حامد بیچارے کو پاک محبت تھی اس لیے اگر کبھی سلطانہ بیگم اور وہ کمرے میں چند منٹ کے لیے اکیلے رہ بھی جاتے تو سوائے اس کے کہ وہ ڈرتے ڈرتے بہت دبی ہوئی ایک ٹھنڈی سانس لیں اور کسی "ناجائز" طریقہ سے اظہار عشق نہ کرتے، ایک مدت تک عشق کا سلسلہ یوں ہی جاری رہا۔

جب حامد صاحب کی نوکری ہوگئی تو ان کے دل میں شادی کا خیال آیا۔ ان کے والدین کو بھی اس کی فکر ہوئی۔ سلطانہ بیگم کی والدہ بھی اپنی بچی کے لیے بر کی تلاش میں تھیں۔ حامد صاحب نے بڑی مشکل سے اپنی والدہ کو اس بات سے آگاہ کروادیا کہ وہ سلطانہ بیگم سے شادی کرنا چاہتے ہیں۔

شادی کا پیام بھیجا گیا۔ مگر سلطانہ بیگم کی والدہ کو حامد میاں کی والدہ کی صورت سے نفرت تھی۔ ہمیشہ سے ان دو خاتونوں میں عداوت اور دشمنی تھی حامد میاں کی والدہ اگر اچھے سے اچھا کپڑا اور زیور بھی پہنے ہوتیں تب بھی سلطانہ بیگم کی ماں، ان پر کوئی نہ کوئی فقرہ ضرور کستیں اور ان کے لباس میں کچھ نہ کچھ عیب ضرور نکالتیں۔ اگر ایک کے پاس کوئی زیور ہوتا، جو دوسرے کے پاس نہ ہوتا تو دوسری بیگم ضرور آئندہ ملاقات کے موقع پر اس سے بہتر اسی قسم کا زیور پہنے ہوتیں۔ ایک سے برخاست شدہ ماما کو دوسرے گھر میں ضرور نوکری ملتی۔

حامد میاں کے گھر سے جب شادی کا پیام آیا تو سلطانہ بیگم کی والدہ نے ہنس کر

بات ٹال دی۔ انھوں نے کوئی صاف جواب نہیں دیا۔ وہ چاروں طرف نظر دوڑا رہی تھیں اور چاہتی تھیں کہ پہلے سلطانہ بیگم کے لیے کوئی بر ڈھونڈھ لیں اس کے بعد حامد میاں کی نسبت سے صاف صاف انکار کر دیں۔ حامد میاں کی والدہ ان ترکیبوں کو خوب سمجھتی تھیں، ان کے غصہ کی کوئی انتہا نہ تھی۔ جب خاندان میں اچھا خاصہ، صحیح سالم، کماتا کھاتا، سعادت مند لڑکا موجود ہو تو سلطانہ کی گھر سے باہر شادی کرنے کے کیا معنی؟

مگر حامد کو عشق صادق تھا، انھوں نے اپنی والدہ سے کہا کہ وہ کوشش کیے جائیں۔ یوں ہی ایک مدت گزر گئی۔ کچھ خدا کا کرنا ایسا ہوا کہ سلطانہ بیگم کی والدہ کو اپنی لڑکی کے لیے اس درمیان میں کوئی مناسب بر بھی نہیں ملا۔ سلطانہ بیگم کی عمر انیس برس کی ہو گئی۔ ان کی والدہ اب زیادہ انتظار نہ کر سکیں، آخرکار وہ رضامند ہو گئیں۔

حامد میاں کی سلطانہ بیگم سے شادی ہو گئی۔ ان کی شادی ہوئے دو برس سے کچھ زیادہ ہو گئے۔ عاشق کی مراد بر آئی۔ خدا کے فضل سے گھر میں دو بچے بھی ہیں۔ ایک غریب عورت ایک تاریک اندھیری کوٹھری میں ایک ٹوٹی ہوئی جھلنگی چارپائی پر پڑی کراہ رہی ہے۔ درد کی تکلیف اتنی ہے کہ سانس نہیں لی جاتی۔ رات کا وقت ہے اور سردی کا موسم۔ عورت کے بچہ ہونے والا ہے۔

ایک اندھیری رات میں ایک غریب عورت، سب سے چھپا کر چپکے سے اپنے غریب عاشق سے ملنے گئی۔ جب اس عورت کو موقع ملتا وہ اس مرد سے ملنے جاتی۔ عشق کی لذت، موت کی تکلیف۔ یہ پہاڑ جن کی چوٹیاں نیلے آسمان سے جا کر

ٹکراتی ہیں کیوں کھڑے ہیں؟ سمندر کی لہریں۔

گھڑی کی ٹک ٹک اور پانی کے ایک ایک قطرے کے ٹپکنے کی آواز اور خاموش، اور دل کی دھڑکن، محبت کی ایک گھڑی، رگوں میں خون کے دوڑنے کی آواز سنائی دیتی ہے۔ آنکھیں گفتگو کرتی ہیں اور سنتی ہیں۔ سور، پاجی، الو، حرامزادہ۔۔۔ گالیاں اور سخت تیز دھوپ، جو کھال کو معلوم ہوتا ہے جھلسا کر ہڈی تک پگھلا دے گی۔ ایک زمیندار اور ان کا کاشت کار، جس کے پاس لگان دینے کے روپئے نہیں۔ صاحبزادے نے والد کو دوسرا خط بھیجا ہے جس میں ان سے بہ تاکید روپئے مانگے ہیں وکالت کے امتحان کی فیس چار دن کے اندر جانی ضرور ہے۔ والد صاحب اپنے صاحبزادے کی تعلیم کے لیے کاشت کار سے روپے وصول کر رہے ہیں۔

چاروں طرف سانپ رینگ رہے ہیں۔ کالے کالے، لمبے۔ پھن اٹھا اٹھا کر جھوم رہے ہیں۔ ان کو کون مارے؟ کس چیز سے ماریں؟

برسات میں بادل کی گرج، اور پہاڑوں کی تنہائی میں ایک چشمے کے بہنے کی آواز، لہلہاتے ہوئے شاداب کھیت اور بندوق کے فایر کی تڑاتے دار صدا، اس کے بعد ایک زخمی سارس کی دردناک قائیں، قائیں قائیں۔

***

گرمیوں کی ایک رات

منشی برکت علی عشاء کی نماز پڑھ کر چہل قدمی کرتے ہوئے امین آباد پارک تک چلے آئے۔ گرمیوں کی رات، ہوا بند تھی۔ شربت کی چھوٹی چھوٹی دکانوں کے پاس لوگ کھڑے باتیں کر رہے تھے۔ لونڈے چیخ چیخ کر اخبار بیچ رہے تھے، بیلے کے ہار والے ہر بھلے مانس کے پیچھے ہار لے کر لپکتے۔ چوراہے پر تانگہ اور یکہ والوں کی لگاتار پکار جاری تھی۔

"چوک! ایک سواری چوک! میاں چوک پہنچادوں!"

"اے حضور کوئی تانگہ وانگہ چاہیئے؟"

"ہار بیلے کے! گجرے موتئے کے!"

"کیا ملائی کی برف ہے۔"

منشی جی نے ایک ہار خریدا، شربت پیا اور پان کھا کر پارک کے اندر داخل ہوئے۔ بنچوں پر بالکل جگہ نہ تیا۔ لوگ نیچے گھاس پر لیٹے ہوئے تھے۔ چند بے سرے گانے کے شوقین ادھر ادھر شور مچا رہے تھے، بعض آدمی چپ بیٹھے دھوتیاں کھسکا کر بڑے اطمینان سے اپنی ٹانگیں اور رانیں کھجانے میں مشغول تھے۔

اسی دوران میں وہ مچھروں پر بھی جھپٹ جھپٹ کر حملے کرتے جاتے تھے۔

منشی جی چونکہ پائجامہ پوش آدمی تھے انھیں اس بد تمیزی پر بہت غصہ آیا۔ اپنے جی میں انھوں نے کہا کہ ان کم بختوں کو کبھی تمیز نہ آئے گی، اتنے میں ایک بنچ پر سے کسی نے انھیں پکارا۔

"منشی برکت علی!"

منشی جی مڑے۔

"اخاہ لالہ جی آپ ہیں، کہیے مزاج تو اچھے ہیں!"

منشی جی جس دفتر میں نوکر تھے لالہ جی اس کے ہیڈ کلرک تھے۔ منشی جی ان کے ماتحت تھے۔ لالہ جی نے جوتے اتار دیے تھے اور بنچ کے بیچوں بیچ میں پیر اٹھا کر اپنا بھاری بھرکم جسم لیے بیٹھے تھے۔ وہ اپنی توند پر نرمی سے ہاتھ پھیرتے جاتے اور اپنے ساتھیوں سے جو بنچ کے دونوں کونوں پر ادب سے بیٹھے ہوئے تھے چیخ چیخ کر باتیں کر رہے تھے۔ منشی جی کو جاتے دیکھ کر انھوں نے انھیں بھی پکار لیا۔ منشی جی لالہ صاحب کے سامنے آکر کھڑے ہو گئے۔

لالہ جی ہنس کے بولے، "کہو منشی برکت علی، یہ ہار وار خریدے ہیں کیا، ارادے کیا ہیں؟" اور یہ کہہ کر زور سے قہقہہ لگا کر اپنے دونوں ساتھیوں کی طرف داد طلب کرنے کو دیکھا۔ انھوں نے بھی لالہ جی کا منشا دیکھ کر ہنسنا شروع کیا۔

منشی جی بھی روکھی پھیکی ہنسی ہنسے، "جی ارادے کیا ہیں ہم تو آپ جانئے غریب آدمی ٹھہرے، گرمی کے مارے دم نہیں لیا جاتا، راتوں کی نیند حرام ہو گئی، یہ ہار لے لیا شاید دو گھڑی آنکھ لگ جائے۔"

لالہ جی نے اپنے گنجے سر پر ہاتھ پھیرا اور ہنسے، "شوقین آدمی" ہو منشی، کیوں نہ ہو!" اور یہ کہہ کر پھر اپنے ساتھیوں سے گفتگو میں مشغول ہو گئے۔

منشی جی نے موقعہ غنیمت جان کر کہا، "اچھا لالہ جی چلتے ہیں، آداب عرض ہے۔" اور یہ کہہ کر آگے بڑھے۔ دل ہی دل میں کہتے تھے کہ دن بھر کی گھس گھس کے بعد یہ لالہ کمبخت سر پڑا۔ پوچھتا ہے ارادے کیا ہیں! ہم کوئی رئیس تعلقدار ہیں کہیں کے کہ رات کو بیٹھ کر مجرا سنیں اور کوٹھوں کی سیر کریں، جیب میں کبھی چونی سے زیادہ ہو بھی سہی، بیوی، بچے، ساٹھ روپیہ مہینہ، اوپر سے آدمی کا کچھ ٹھیک نہیں، آج نہ جانے کیا تھا جو ایک روپیہ مل گیا۔ یہ دیہاتی اہل معاملہ کمبخت روز بروز چالاک ہوتے جاتے ہیں۔ گھنٹوں کی جھک جھک کے بعد جیب سے ٹکا نکالتے ہیں اور پھر سمجھتے ہیں کہ غلام خرید لیا، سیدھے بات نہیں کرتے۔ کمینہ نیچے درجے کے لوگ ان کا سر پھر گیا ہے۔ آفت ہم بیچارے شریف سفید پوشوں کی ہے۔ ایک طرف تو نیچے درجے کے لوگوں کے مزاج نہیں ملتے، دوسری طرف بڑے صاحب اور سرکار کی سختی بڑھتی جاتی ہے۔ ابھی دو مہینے پہلے کا ذکر ہے، بنارس کے ضلع میں دو محرر بیچارے رشوت ستانی کے جرم میں برخواست کر دیئے گئے۔ ہمیشہ یہی ہوتا ہے غریب بیچارہ پستا ہے، بڑے افسر کا بہت ہوا تو ایک جگہ سے دوسری جگہ تبادلہ ہو گیا۔

"منشی جی صاحب" کسی نے بازو سے پکارا۔ جمن چپراسی کی آواز۔

منشی جی نے کہا، "اخاہ تم ہو جمن۔"

مگر منشی جی چلتے رہے رکے نہیں۔ پارک سے مڑ کر نظیر آباد میں پہنچ گئے۔

جمن ساتھ ساتھ ہو لیا۔ دبلے پتلے، پستہ قد، مخمل کی کشتی نما ٹوپی پہنے، ہار ہاتھ میں لیے، آگے آگے منشی جی اور ان سے قدم دو قدم پیچھے صافہ باندھے، چپکن پہنے قوی ہیکل، لمبا چوڑا چپراسی جمن۔

منشی جی نے سوچنا شروع کیا کہ آخر اس وقت جمن کا میرے ساتھ ساتھ چلنے میں کیا مقصد کیا ہے۔

"کہو بھئی جمن، کیا حال ہے۔ ابھی پارک میں ہڈ کلارک صاحب سے ملاقات ہوئی تھی وہ بھی گرمی کی شکایت کرتے۔"

"اجی منشی جی کیا عرض کروں، ایک گرمی صرف تھوڑی ہے مارے ڈالتی ہے، ساڑھے چار پانچ بجے دفتر سے چھٹی ملی۔ اس کے بعد سیدھے وہاں سے بڑے صاحب کے ہاں گھر پر حاضری دینی پڑی۔ اب جا کر وہاں سے چھٹکارا ہوا تو گھر جا رہا ہوں، آپ جانیے کہ دس بجے صبح سے رات کے آٹھ بجے تک دوڑ دھوپ رہتی ہے، کچہری کے بعد تین دفعہ دوڑ دوڑ کر بازار جانا پڑا۔ برف، ترکاری، پھل سب خرید کے لاؤ اور اوپر سے ڈانٹ الگ پڑتی ہے، آج داموں میں ٹکا زیادہ کیوں ہے اور یہ پھل سڑے کیوں ہیں۔ آج جو آم خرید کے لے گیا تھا وہ بیگم صاحب کو پسند نہیں آئے، واپسی کا حکم ہوا۔ میں نے کہا حضور! اب رات کو بھلا یہ واپس کیسے ہوں گے، تو جواب ملا ہم کچھ نہیں جانتے کوڑا تھوڑی خریدنا ہے۔ سو حضور یہ روپیہ کے آم گلے پڑے، آم والے کے ہاں گیا تو ایک تو تو میں میں کرنی پڑی، روپیہ آم بارہ آنے میں واپسی ہوئے، چونی کو چوٹ پڑی مہینہ کا ختم، اور گھر میں حضور قسم لے لیجئے جو سوکھی روٹی بھی کھانے کو ہو۔ کچھ سمجھ میں نہیں آتا کیا کروں اور کونسا منہ لے کر جو رو کے

سامنے جاؤں۔"

منشی جی گھرائے آخر جمن کا منشا اس ساری داستان کے بیان کرنے سے کیا تھا۔ کون نہیں جانتا کہ غریب تکلیف اٹھاتے ہیں اور بھوکے مرتے ہیں۔ مگر منشی جی کا اس میں کیا قصور؟ ان کی زندگی خود کون بہت آرام سے کٹتی ہے، منشی جی کا ہاتھ بے ارادے اپنی جیب کی طرف گیا۔ وہ روپیہ جو آج انھیں اوپر سے ملا تھا صحیح سلامت جیب میں موجود تھا۔

"ٹھیک کہتے ہو میاں جمن، آج کل کے زمانے میں غریبوں کی مرن جسے دیکھو یہی رونا روتا ہے، کچھ گھر میں کھانے کو نہیں۔ سچ پوچھو تو سارے آثار بتاتے ہیں کہ قیامت قریب ہے۔ دنیا بھر کے جعلیے تو چین سے مزے اڑاتے ہیں اور جو بیچارے اللہ کے نیک بندے ہیں انھیں ہر قسم کی مصیبت اور تکلیف برداشت کرنی ہوتی ہے"۔

جمن چپ چاپ منشی جی کی باتیں سنتا ان کے پیچھے پیچھے چلتا رہا۔ منشی جی یہ سب کہتے تو جاتے تھے مگر ان کی گھبراہٹ بھی بڑھتی جاتی تھی۔ معلوم نہیں ان کی باتوں کا جمن پر کیا اثر ہو رہا تھا۔

"کل جمعہ کی نماز کے بعد مولانا صاحب نے آثار قیامت پر وعظ فرمایا، میاں جمن سچ کہتا ہوں، جس جس نے سنا اس کی آنکھوں سے آنسو جاری تھے۔ بھائی دراصل یہ ہم سب کی سیاہ کاریوں کا نتیجہ ہے، خدا کی طرف سے جو کچھ عذاب ہم پر نازل ہو وہ کم ہے۔ کونسی برائی ہے جو ہم میں نہیں؟ اس سے کم قصور پر اللہ نے بنی اسرائیل پر جو جو مصیبیں نازل کیں ان کا خیال کرکے بدن کے رونگٹے کھڑے ہو

جاتے ہیں مگر وہ تو تم جانتے ہی ہو گے۔"

جمن بولا، "ہم غریب آدمی منشی جی، بھلا یہ سب علم کی باتیں کیا جانیں قیامت کے بارے میں تو میں نے سنا ہے مگر حضور آخر یہ بنی اسرائیل بیچارے کون تھے۔"

اس سوال کو سن کر منشی جی کو ذرا سکون ہوا۔ خیر غربت اور فاقے سے گزر کر اب قیامت اور بنی اسرائیل تک گفتگو کا سلسلہ پہنچ گیا تھا۔ منشی جی خود کافی طور پر اس قبیلے کی تاریخ سے واقف نہ تھے مگر ان مضمونوں پر گھنٹوں باتیں کر سکتے تھے۔

"ایں! واہ میاں جمن واہ، تم اپنے کو مسلمان کہتے ہو اور یہ نہیں جانتے کہ بنی اسرائیل کس چڑیا کا نام ہے۔ میاں سارا کلام پاک بنی اسرائیل کے ذکر سے تو بھرا پڑا ہے۔ حضرت موسیٰ کلیم اللہ کا نام بھی تم نے سنا ہے؟"

"جی کیا فرمایا آپ نے؟ کلیم اللہ؟"

"ارے بھئی حضرت موسیٰ۔ مو۔۔۔سا۔"

"موسا۔۔۔وہی تو نہیں جن پر بجلی گری تھی؟"

منشی جی زور سے ٹھٹھا مار کر ہنسے۔ اب انھیں بالکل اطمینان ہو گیا۔ چلتے چلتے وہ قیصر باغ کے چوراہے تک بھی آپہنچے تھے۔ یہاں پر تو ضرور ہی اس بھوکے چپراسی کا ساتھ چھوٹے گا۔ رات کو اطمینان سے جب کوئی کھانا کھا کر نماز پڑھ کر، دم بھر کی دلبستگی کے لیے چہل قدمی کو نکلے، تو ایک غریب بھوکے انسان کا ساتھ ساتھ ہو جانا، جس سے پہلے کی واقفیت بھی ہو، کوئی خوشگوار بات نہیں۔ مگر میے جی آخر کرتے کیا؟ جمن کو کتے کی طرح دھتکار تو سکتے نہ تھے کیوں کہ ایک تو کچہری میں روز کا سامنا، دوسرے وہ نیچے درجے کا آدمی ٹھہرا، کیا ٹھیک، کوئی بدتمیزی کر بیٹھے تو سر

بازار خواہ مخواہ کو اپنی بنی بنائی عزت میں بٹہ لگے۔ بہتر یہی تھا کہ اب اس چوراہے پر پہنچ کر دوسری راہ لی جائے اور یوں اس چھٹکارا ہو۔

"خیر، بنی اسرائیل اور موسیٰ کا ذکر میں تم سے پھر کبھی پوری طرح کروں گا، اس وقت تو ذرا مجھے ادھر کام سے جانا ہے۔۔۔ سلام میاں جمن۔"

یہ کہہ کر منشی جی قیصر باغ کے سینما کی طرف بڑھے۔ منشی جی کو یوں تیز قدم جاتے دیکھ کر پہلے تو جمن ایک لمحہ کے لیے اپنی جگہ پر کھڑا کا کھڑا رہ گیا، اس کی سمجھ میں نہیں آتا تھا کہ وہ آخر کرے تو کیا کرے۔ اس کی پیشانی پر پسینے کے قطرے چمک رہے تھے اس کی آنکھیں ایک بے معنی طور پر ادھر ادھر مڑیں۔ تیز بجلی کی روشنی، فوّارہ، سینما کے اشتہار، ہوٹل، دوکانیں، موٹر، تانگے، یکے اور سب کے اوپر تاریک آسمان اور جھلملاتے ہوئے ستارے غرض خدا کی ساری بستی۔

دوسرے لمحہ میں جمن منشی جی کی طرف لپکا۔ وہ اب کھڑے سینما کے اشتہار دیکھ رہے تھے اور بیحد خوش تھے کہ جمن سے جان چھوٹی۔

جمن نے ان کے قریب پہنچ کر کہا، "منشی جی!"

منشی جی کا کلیجہ دھک سے ہو گیا۔ ساری مذہبی گفتگو، ساری قیامت کی باتیں، سب بیکار گئیں۔ منشی جی نے جمن کو کچھ جواب نہیں دیا۔

جمن نے کہا، "منشی جی اگر آپ اس وقت مجھے ایک روپیہ قرض دے سکتے ہوں تو میں ہمیشہ۔۔۔"

منشی جی مڑے، "میاں جمن میں جانتا ہوں کہ تم اس وقت تنگی میں ہو مگر تم تو خود جانتے ہو کہ میرا اپنا کیا حال ہے۔ روپیہ تو روپیہ ایک پیسہ تک میں تمہیں نہیں

دے سکتا، اگر میرے پاس ہوتا تو بھلا تم سے چھپانا تھوڑا ہی تھا، تمہارے کہنے کی بھی ضرورت نہ ہوتی پہلے ہی جو کچھ ہوتا تمہیں دے دیتا۔"

باوجود اس کے جمن نے اصرار شروع کیا، "منشی جی! قسم لے لیجئے میں ضرور آپ کو تنخواہ ملتے ہی واپس کر دوں گا، سچ کہتا ہوں حضور اس وقت کوئی میری مدد کرنے والا نہیں۔۔۔"

منشی جی اس جھک جھک سے بہت گھبراتے تھے۔ انکار چاہے وہ سچا ہی کیوں نہ ہو تکلیف دہ ہوتا ہے۔ اسی وجہ سے تو وہ شروع سے چاہتے تھے کہ یہاں تک نوبت ہی نہ آئے۔

اتنے میں سینما ختم ہوا اور تماشائی اندر سے نکلے۔

"ارے میاں برکت، بھئی تم کہاں؟" کسی نے پہلو سے پکارا۔

منشی جی جمن کی طرف سے ادھر مڑے۔ ایک صاحب موٹے تازے، تیس پینتیس برس کے۔ انگھرکھا اور دو پلی ٹوپی پہنے، پان کھائے، سگریٹ پیتے ہوئے منشی جی کے سامنے کھڑے تھے۔

منشی جی نے کہا، "اخاہ تم ہو! برسوں کے بعد ملاقات ہوئی، تم نے لکھنؤ تو چھوڑ ہی دیا؟ مگر بھائی کیا معلوم آتے بھی ہوگے تو ہم غریبوں سے کیوں ملنے لگے!"

یہ منشی جی کے پرانے کالج کے ساتھی تھے۔ روپئے، پیسے والے رئیس آدمی، وہ بولے،

"خیر یہ سب باتیں تو چھوڑو، میں دو دن کے لیے یہاں آیا ہوں، ذرا لکھنؤ میں تفریح کے لیے چلو، اس وقت میرے ساتھ چلو تمہیں وہ مجرا سنواؤں کہ عمر بھر یاد

کرو، میری موٹر موجود ہے، اب زیادہ مت سوچو، بس چلے چلو، سنا ہے تم نے کبھی نور جہاں کا گانا۔۔۔؟ اہاہا کیا گاتی ہے، کیا بتاتی ہے، کیا ناچتی ہے، وہ ادا، وہ پھبن، اس کی کمر کی لچک، اس کے پاؤں کے گھنگھرو کی جھنکار! میرے مکان پر، کھلے صحن میں، تاروں کی چھاؤں میں، محفل ہو گی۔ بھیروی سن کر جلسہ برخاست ہو گا۔ بس اب زیادہ نہ سوچو، چلے ہی چلو۔ کل اتوار ہے۔۔۔ بیوی! بیگم صاحبہ کی جوتیوں کا ڈر ہے، اگر ایسا ہی عورت کی غلامی کرنا تھی تو شادی کیوں کی؟ چلو بھی میاں! لطف رہے گا، روٹھی بیگم کو منانے میں بھی تو مزہ ہے۔۔۔"

پرانا دوست، موٹر کی سواری، گانا ناچ، جنت نگاہ، فردوس گوش منشی جی لپک کر موٹر میں سوار ہو لیے۔ جمن کی طرف ان کا خیال بھی نہ گیا۔ جب موٹر چلنے لگی تو انھوں نے دیکھا کہ وہ وہاں اسی طرح چپ کھڑا ہے۔

***